U0024537

風雲時代

風雲時代

官商鬥法
第二輯
之
18
政壇大地震
炮
相

# 目錄 CONTENTS

## 第一章

# 出售股份

如果順達酒店管理公司不買，通匯集團將股份賣給其他人，
那新進入的集團會不會仍然像通匯集團那樣接受駐京辦對海川大廈的掌控呢？
這可是存在了很大的變數。因此傅華自然不想看到通匯集團出售股份。

曲志霞在週五的晚上讓司機把她送回了齊州，週六上午，她在鑫通集團都承安的董事長辦公室，跟都承安見了面。

一見面，曲志霞便不再回避，直接就跟都承安講：「都董，我剛得知一個特別的情況，恐怕你要拿地的事情會有變啊。」

都承安的臉色馬上就沉了下來，說：

「曲副市長，沒你這麼辦事的吧？你現在才來告訴我事情有變，是不是太晚了點？你這些日子避不見面，是不是就是在躲這件事情啊。」

曲志霞早已猜到都承安會有這種反應，便說：

「都董，你誤會了，我沒在躲避這件事。事先我真是不知道這個情況的，本來我以為幫你拿下地絕沒問題，哪知道對手實在是太狡猾了，先手棋早就被他們下好了，我也是偶然中才警覺情形不對，再三落實後，才看出問題所在的。」

都承安懷疑地看了曲志霞一眼，說：「什麼問題啊？是誰在背後搞鬼？居然連你都害怕，看來他的權力比你大，是金達還是孫守義？」

曲志霞說：「都董，你的感覺果然很敏銳，一下就知道問題出在金達和孫守義身上了，不過不是他們之中的一個，這次我猜他們是聯手佈局的。」

都承安詫異地說：「聯手？那他們要拿地給誰啊？」

曲志霞說：「城邑集團的東濤。」

「東濤?!」都承安叫了起來：「這不可能，曲副市長，你別以爲我在齊州，就對海川市的情形不瞭解，想隨便找個藉口把我糊弄過去，你當我不知道東濤跟金達和孫守義是死對頭嗎？」

曲志霞苦笑了一下，說：「都董，你這個消息已經過時了，我就是因爲跟你一樣的想法，以爲他們還是對手，所以才會上了他們的當的。你想一想，金達和孫守義主政海川，東濤又是一個那麼精明的人，如果他不是事先跟金達和孫守義有了默契，又怎麼會參與氮肥廠地塊的競標呢？」

都承安呆了一下，說：「嗯，你別說，這麼一想還真是，東濤不會傻到去白花錢的。這傢伙真夠賊的，不聲不響就把項目給拿走了。」

曲志霞抱歉地說：「對不起啊，都董，這件事事先我完全沒想到。現在孫守義和金達都跟東濤聯手了，這塊地你是不是就放棄算了？至於你給我的錢，回頭我全部退給你就是了。」

「你先別急，」都承安看了曲志霞一眼，問說：

「曲副市長，你甘心事情就這麼算了嗎？」

曲志霞說：「我當然不甘心了，可要不然怎麼辦啊？我剛到海川，屁股還沒坐熱呢，我現在可沒有實力跟金達和孫守義對著幹。」

都承安忿忿地說：「你不甘心就好，錢你先拿著，這點錢鑫通集團還花得起。不過，就算是錢打了水漂，我也得聽個響啊，我們就來陪金達和孫守義玩上一把，你看怎麼樣啊？」

曲志霞看了看都承安，困惑地說：「玩什麼啊，怎麼玩啊？現在金達和孫守義在海川可是處於絕對優勢，他們已經完全掌控海川市的局面了，玩下去，等待我們的很可能是個失敗的結果，你這又何必呢？花錢聽響有意思嗎？」

都承安笑了起來，說：「我覺得有意思，曲副市長，你不覺得這對我們來說，是一場本小利大的賭局嗎？」

曲志霞不解地說：「本小利大，怎麼說？」

都承安笑笑說：「你想啊，金達、孫守義和束濤三人既然聯起手來，那就是對這個項目志在必得了，所以他們必須要消滅可能導致他們失敗的每一個隱患，因此，只要我們給他們隨便做做文章，捅個婁子出來，他們就需要花大氣力把簍子給補上，這對我們來說，不是一個本小利大的生意嗎？更何況，運氣好的話，他們哪個簍子沒補好，功虧一簣了，說不定我們還能撿個大便宜呢。」

曲志霞雖然也巴不得能想辦法整治一下孫守義和金達，但現在她的心思不在這個項目上，所以不想參與這個很可能會徒勞無功的計畫。

曲志霞便勸說：「都董啊，還是算了吧，這種損人而不利己的事最好還是不要做，我聽人說過，做這種事是會影響到以後的財運的。」

都承安笑了起來，說：「不是吧，曲副市長，這種騙人的傻話你也信?!如果這種話真的有用的話，我姓都的根本就發不了財的。再說，我姓都的是可以讓人隨便耍弄的人嗎？想要我，不付出點代價怎麼行啊！」

曲志霞見勸不動他，只好無奈地說：

「你要玩那你玩吧，我可不想陪你玩這種無聊的遊戲。別到最後，你項目沒拿到，我還得罪了金達和孫守義，多不值得啊。」

都承安卻不肯放過她，說：「別啊，曲副市長，你如果退出的話，我一個人，這個遊戲就玩不轉了，就算能興起再大的風浪，也威脅不到金達和孫守義的。」

曲志霞狐疑地說：「都董，我真的不知道我能幫你做什麼，你總不會讓我去跟金達和孫守義公開對著幹吧？」

都承安說：「那倒不需要，你只要繼續按照我們原定的方案執行就好了，其他的事我來處理。」

曲志霞納悶地說：「這有用嗎？」

都承安笑笑說：「會有用的。其實這裏面有一點你沒看出來，你不覺得金達和孫守義在這件事情上是受到限制的嗎？他們倆不都是標榜要按照三公的原則來處理這次的競標嗎？那也就意味著，他們不能公開的袒護束濤；既然不能公開護著束濤，也就給了我機會了。你等著看吧，我非搞他們個雞飛狗跳不可。」

曲志霞卻擔心鬧大了，會惹得孫守義和金達聯手整治她，於是說：「都董，你可別玩得太過火了，你要知道金達、孫守義和束濤哪個都不是好惹的，他們背後可都是有雄厚的背景，玩大了的話，我可是無法幫你收拾局面的。」

都承安老神在在地說：「你別擔心，我有分寸的。」

曲志霞心想：我已經勸過你了，反正如果事情真的鬧大，她可以把事情都推在都承安身上，也就不再多說什麼，笑笑說：「你有分寸就好，今天就先這樣吧。」

都承安挽留說：「別急著走啊，中午留在這裏吃飯吧？」

曲志霞說：「算了，沒心情，好不容易回來一趟，還是回家多陪陪老公吧。」

曲志霞到家的時候，她的老公翟勝傑正在廚房裏忙活，屋子裏飄散著一股肉香味。

曲志霞走進廚房，嗅了嗅，笑說：「燉了什麼好吃的啊？」

翟勝傑說：「用當歸給你燉了一隻小雞，你成天在外面應酬，吃的都是沒什麼營養的東西，燉隻雞給你補補身子。」

曲志霞心中忽然很愧疚，結婚這麼多年來，翟勝傑對她一直都是這麼好。因爲她常忙於工作，翟勝傑就主動把家務活給攬了過去，把家照顧得好好的。

這樣一個老公要去哪裡找啊？她卻在猶豫是不是要給老公戴綠帽子！

曲志霞覺得自己這個妻子實在是太差勁了，就過去抱了一下翟勝傑，頭靠在翟勝傑的肩膀上說：「老公，還是你對我最好了。」

翟勝傑笑笑說：「好了，別這麼肉麻行嗎？讓女兒看到就不好了，出去看電視吧，雞還要一段時間才會燉好，別在廚房弄得你一身都是雞味。」就把曲志霞推出了廚房。

曲志霞笑了笑，去女兒的房間看了看，女兒正忙著寫作業呢，她就不好去打攪了，到客廳開了電視，蜷在沙發上看電視。她難得有這樣悠閒的時候，往常即使是週末也是這兒有事，那兒應酬的，閒不下來。

可能是太累了，看著電視，不知不覺曲志霞居然睡了過去。

不知道過了多長時間，曲志霞睜開眼睛，就看到身上蓋著一床毯子，電視已經被關掉了，翟勝傑坐在她身邊拿著本書在看呢。

「你醒啦？」翟勝傑看她睜開了眼睛，體貼地說。

曲志霞不好意思地說：「我怎麼睡過去了？我睡了多久啦？」

翟勝傑說：「現在都快下午三點了，你睡了大約四五個小時吧。志霞，你別把自己搞得這麼累，家裏已經要什麼有什麼了，我們倆現在工作又很穩定，我真不知道你這麼辛苦是為什麼啊？」

曲志霞瞅了翟勝傑一眼，說：「你一個大男人，怎麼一點事業心都沒有啊？我這麼辛苦為什麼，還不是想做出個樣子給別人看看。」

翟勝傑不禁搖頭說：「好，你有事業心行了吧？不說這個了，餓了吧？我收拾飯給你吃。」

曲志霞還真是感覺饑腸轆轆，就笑笑說：「我還真餓了。」

翟勝傑就端了飯菜出來，貼心的將飯菜盛好，曲志霞感激地說：「還是在家裏好，勝傑，謝謝你了。」

「家裏好卻不見你常回來。」翟勝傑忍不住吐嘈了一句。

曲志霞歉意地說：「我工作忙嘛，好了，勝傑，你再讓我奮鬥幾年，等我再上一個臺階，我就……」

「好了，」翟勝傑打斷了曲志霞的話，說：「你別說這種話給我聽了，每次都說再奮鬥幾年，再上個臺階，我耳朵都聽出老繭了。這些年你也上了不止一個臺階了，我卻看不出你有停下來的意思。」

曲志霞委屈地說：「我能停下來嗎？你看金達原本還沒有我發展的勢頭好呢，可現在他已經是我的頂頭上司了。」

翟勝傑嘆說：「你就是好勝心太強了，老愛跟金達比，這有什麼可比的啊！」

曲志霞有點煩了，不耐地說：「好了，囉裏囉嗦的，我好不容易回來一趟，你就不能讓我靜下心來吃頓飯啊？」

翟勝傑看了看曲志霞，想說什麼，終究還是忍住了，便說：「好，我不說了，你吃飯吧。」

曲志霞看了一眼翟勝傑，又覺得自己過分了些，就伸手去握了丈夫胳膊一下，算是一種歉意的表示，然後說：「那我吃了。」

這時候，曲志霞因爲感受到丈夫對她的好，終於對吳傾的事做出了抉擇，她不忍心那麼對待丈夫，決定放棄跟吳傾讀博的機會。

做出抉擇後，曲志霞的心情反而輕鬆了下來，難得的沒再去想工作上的事，在家裏陪著丈夫和女兒過了一個愉快的週末。

週一上班，孫守義在辦公大樓裏看到曲志霞，就說：「曲副市長，看來回家就是不一樣啊，你今天的氣色好多了。」

曲志霞的心情確實很愉快，笑笑說：「怎麼，市長羨慕啊，您也可以回北京看看嫂子的。」

孫守義說：「羨慕是羨慕，不過我可沒你這麼好福氣，我回北京可比你回一趟齊州費事多了。回去了就要馬上回來，週末這兩天還不夠折騰的?!」

曲志霞笑笑說：「這倒也是。」

兩人各自回了自己的辦公室，孫守義剛坐下來，手機就響了，是束濤的電話，就接通了。

「束董，什麼事啊，這麼早就打電話過來?」

束濤語氣急迫地說：「市長，有個情況要跟您通報一下，讓您好有個心理準備。」

孫守義愣了一下，說：「你說的這麼嚇人，什麼情況啊?」

束濤說：「我剛得到消息，鑫通集團在準備城邑集團的黑資料，準備抹黑我們。」

孫守義詫異地說：「不會吧?他們動作這麼快?他們怎麼知道你們是可能得到項目的呢?」

束濤笑說：「市長，您還不知道啊，週六曲副市長去了鑫通集團，她離開後，都承安就開始部署搜集城邑集團的資料。您明白了吧?他們之所以會把目標對準城邑集團，一定是曲副市長跟他們說的。」

孫守義想了想，自己並沒有什麼地方露餡的啊，曲志霞又是從哪裡知道城邑集團會拿下氮肥廠這個地塊呢？難道是金達跟她說的？也不會啊，金達也不想人知道他在招標前就內定得標公司的。

孫守義遲疑了一下，說：「束董，你確定是曲志霞跟他們講的？」

束濤肯定地說：「應該是，週六之前，鑫通集團根本就沒做什麼針對城邑集團的事。」

孫守義納悶的說：「那就奇怪了，我和金書記應該都沒在曲志霞面前露出要把項目給你們的意思啊，她又是怎麼知道的呢？」

束濤笑笑說：「那我就不知道了。反正我的消息絕對是準確的。」

孫守義聽了，說：「你在鑫通集團埋了耳目了？」

束濤說：「是的，自從知道鑫通集團要來攪這蹚渾水，我就想辦法從他們內部找了個眼線。孫子說：知己知彼百戰百勝，我既然知道他們要來搗亂，總要事先做好準備吧？」

孫守義笑笑說：「夠聰明。誒，他們既然要抹黑你，你準備怎麼應對啊？」

束濤說：「我還沒見到是什麼樣的資料，不過，見招拆招，我想還沒有什麼能整死城邑集團的。這次我們做事又很正規，他們應該抓不到什麼把柄的。只是我擔心一點，那就是他們想往您和金書記身上潑髒水，所以我才趕緊向您通報一聲的。」

孫守義知道束濤說的不無可能，不過他和金達行得正坐得端，就算鑫通集團拿他們說事，他和金達也不怕。

孫守義冷笑一聲，說：「他們聰明的話，最好不要這麼做。如果他們真敢這麼做，我和金書記對他們是不會客氣的。束董，你知道什麼情況及時跟我通報一聲，別讓他們搞得我和金達被動了。」

束濤說：「那是自然。對不起啊，市長，我沒想到這件事會把麻煩惹到您和金書記身上。」

孫守義無所謂地說：「束董，這種話就不要說了，事情又不是你做的。好了，就這樣吧。」

孫守義掛了電話，心中還是沒想明白曲志霞到底是怎麼知道他和金達想把氮肥廠項目給束濤的。不過，曲志霞就是知道了也無法改變這個結果的。

這時，何飛軍敲門走了進來，諂媚的說：「有件事情要跟市長您彙報一下，您有時間嗎？」

自從何飛軍鬧出緋聞事件後，孫守義再看到何飛軍總是有一種彆扭的感覺，便淡淡地說：「我給你半個小時，半個小時後，我要去參加活動。」

何飛軍說：「半個小時夠了，就是城區工業園那邊有塊地，開發上出現了些問題，我想跟您彙報一下。」

何飛軍就講了事情的來龍去脈。

孫守義覺得這件事在何飛軍職權範圍內，就說：「老何，這種事你可以自己處理的，不用再請示我。」

何飛軍說：「我總覺得不請示您有點不太妥當。」

孫守義教訓說：「你這麼想就不對了，如果每個副市長都事事來請示我，那我就算是忙死了事情也做不完的。我們都有不同的分工，在你分工的範圍內，就需要你自己來做決定。行了，你覺得該怎麼辦就怎麼辦吧。」

何飛軍便說：「好，我知道了。那市長您忙，我出去了。」

孫守義感覺何飛軍之所以沒事找事來請示他，可能是因爲自己這段時間冷落了何飛軍，讓他感覺不安，所以才故意找機會來親近他的。

孫守義就喊住了何飛軍，說：「老何啊，你先別急著走。你來得正好，我有件事要問你。」

何飛軍轉過身說：「市長，什麼事啊？」

孫守義看了看何飛軍，說：「老何啊，你別嫌我囉嗦，你跟顧明麗的事，我也不願意跟你一說再說，只是我聽到一個朋友跟我說，有人在攛掇顧明麗去省委告狀，目標就是你和我，你跟我老實說，你把顧明麗處理好了嗎？」

何飛軍愣了一下，說：「市長，您說有人攛掇顧明麗去省委告狀？真的假的，誰啊？」

孫守義瞅了何飛軍一眼，說：「老何，難道我還會騙你嗎？」

何飛軍尷尬的笑了笑說：「不是的，市長，您當然不會騙我了。您能告訴我是誰在攛掇的嗎？」

孫守義說：「是誰你猜不到嗎？」

何飛軍想了想說：「我大概知道是誰了。」

孫守義說：「現在的問題不是誰在攛掇這件事，而是顧明麗會不會去省委鬧事。老何啊，該說的話我可都跟你說了，我也不想再囉嗦，該怎麼辦，你自己去琢磨吧。」

何飛軍點點頭，說：「市長，謝謝您，我知道該如何處理的。您放心，顧明麗那邊一定不會有事的。」

孫守義心說：我該說的都說了，對你也算是仁至義盡了，便說：「行，你走吧。」

北京，晚上，趙凱家。

傅華帶鄭莉和傅瑾來吃飯。飯還沒有準備好，在客廳，鄭莉抱著傅瑾，趙婷和傅昭圍在一旁，拿著玩具逗著傅瑾玩。傅華則被趙凱叫到了書房裏，坐在一起喝茶閒聊。

「傅華，最近在忙什麼啊？」趙凱關心地問。

傅華說：「爸，也沒什麼事，就是在瞎忙。不過，我最近遇到了一些人，真是讓我看不慣。」

趙凱好奇地說：「誰啊，你這個人跟人相處一向很溫和，能讓你看不慣也算是不容易了。」

傅華說：「說起來都算是我的老師，他們的所做所爲，真是讓我大跌眼鏡啊。」

傅華就講了巴東煌和吳傾的事，講完後，傅華不禁搖搖頭說：

「吳傾還好，就是色心大了一點，巴東煌的做法卻讓我簡直無法接受。真是奇怪，他的行爲舉止幾乎是明目張膽，這些高層難道是不知道嗎？這樣的人還讓他往上升，簡直是豈有此理。」

趙凱笑說：「那是他時運未盡罷了，以前的人愛說人一輩子能吃多少飯穿多少衣都是一定的，不知道你信不信，反正我是相信的。巴東煌能這麼囂張，只能說是他的好運還沒有到頭。」

趙凱又說：「你也不要看他現在得意，有時候升遷並不代表他就萬事大吉了。前段時間不是有個省長才剛升到省長位置上就被抓起來了嗎？所以高層究竟是怎麼打算的，誰也不知道。」

傅華聽了說：「這倒也是。」

「誒，傅華，你最近有沒有跟小婷聊聊啊？」趙凱突然問。

傅華說：「爸，最近我沒有跟小婷單獨聊過，您想要我跟她說什麼嗎？」

趙凱嘆了口氣，說：「傅華，你現在跟鄭莉倒是家庭和樂，但是小婷就沒有你們倆這麼幸福了。她最近不知道中了什麼邪，居然看中了一個畫家，那傢伙披頭散髮的，看上去就像一輩子沒洗澡的樣子。我這個人雖然不是老古板，但是還是喜歡傳統一點的人，她找了這樣一個人，我心理上真是接受不了啊。」

傅華笑笑說：「那可能是藝術家的氣質吧。」

趙凱搖搖頭，不以爲然地說：

「什麼藝術家氣質啊，大藝術家我又不是沒見過，雖然也是有留長髮什麼的，但還是乾乾淨淨。哪像她現在這個男朋友這麼邋裏邋遢的。」

傅華說：「爸，那您想讓我幹嘛？」

趙凱說：「我想讓你跟她好好談一談。唉，我這個女兒啊，現在真是有點越來越怪異了，前段時間居然還找了個街邊唱搖滾的歌手回來。我想說她吧，她也不聽我的。小婷一向很聽你的話，你找個時間跟她跟她談一談行不行？就當幫我一個忙。」

傅華心裏有些歉疚，趙婷這個樣子，其中也有一部分是因爲他的因素，當初他如果能照顧好趙婷，趙婷也許就不會這樣子了。便說：「好的，爸，我會找個時間跟她談談的。」

趙凱又說：「還有一件事。傅華，你們海川市有沒有意思想要接盤通匯集團在海川大廈中的股份啊？」

傅華詫異地說：「爸，您這麼說是什麼意思啊？難道通匯集團想要出讓在海川大廈中的股份？」

趙凱苦笑著點點頭，說：「股東們有這個意向。你對最近的經濟形勢應該也有些瞭解吧？」

傅華點點頭，說：「我知道，現在國際金融危機，受其影響，國內經濟也出現了下滑態勢。爸，您的意思不會是說通匯集團也受到影響了吧？」

趙凱嘆說：「大環境不好，我們通匯集團自然無法獨善其身。現在業務萎縮了三分之一，利潤大幅下降。於是就有股東提出了海川大廈的問題。」

傅華說：「可是海川大廈是盈利的啊？」

趙凱說：「海川大廈確實是盈利的，這也是一筆讓通匯集團賺了不少的投資，這些年土地的增值，讓海川大廈的價值，已經遠遠超過當初的市值了。」

傅華不解地說：「那怎麼還有人因爲海川大廈找您的麻煩啊？」

趙凱說：「關鍵是海川大廈與我們通匯集團的主業並不相關，於是就有股東提出要出售海川大廈的股份，將資金回歸主業。」

傅華想想，覺得這些股東們的看法也不能說沒有道理，這幾年，北京的地產翻了幾番，按照經濟規律，暴增之後，往往就是下滑的趨勢，此刻出售正當其時。

但是傅華也清楚，照市值來算，海川市政府就算有意想買下通匯集團的股份，恐怕也無法籌措出這筆資金的。更何況現在全國上下對駐京辦一片撻伐之聲，這時候讓市政府拿出上億資金收購海川大廈，顯然是不合時宜的。

如果賣給章旻的順達酒店管理公司，順達就持有海川大廈絕對多數的股份，那海川市政府就再也不是大股東了，相應的也就失去了對海川大廈的控制權。

如果順達不買，通匯集團將股份賣給其他人，那新進入的集團會不會仍然像通匯集團那樣接受駐京辦對海川大廈的掌控呢？這可是存在了很大的變數。因此傅華自然不想看到通匯集團出售股份，就對趙凱說：

「爸，海川市政府顯然是不太可能會買下股份的，您也知道最近駐京辦的形勢並不看好，既然海川大廈是盈利的，您就不能出面阻止股東們出售股份嗎？」

趙凱說：「就我個人意願來說，我也不想出售海川大廈，但我的情形很尷尬，因爲你和趙淼的關係，那些股東都說我有私心，所以沒有太大的說服力。」

趙凱又說：「你先別著急，這件事還沒定案，我還在做他們的工作。你也可以想想辦法，看看能不能找到金主將通匯集團的股份買下來。據我看，北京的房產市場還有很大的上漲空間，這是一筆划算的生意，買了絕對不會吃虧的。」

傅華一向很信賴趙凱的眼光，便說：「那行，爸爸，我看看身邊的朋友有沒有人願意接手。」

這時趙婷推門進來，說：「你們倆聊什麼呢？飯好了，出來吃飯吧。」

「行，吃飯了。」趙凱笑笑說，三人就往飯廳走。

邊走，傅華便對趙婷說：「小婷，我聽爸爸說，你找了個男朋友？」

趙婷看了傅華一眼，說：「怎麼，就准你和鄭莉成雙成對，我就不能給自己找個做伴的男人了？」

傅華有些尷尬地說：「我不是那個意思。」

趙婷想了想說：「哦，我知道了，是爸讓你勸我是吧？你別聽爸說的，人家不修邊幅怎麼了，藝術家就是那樣的，那才叫魅力，你懂嗎？」

說話間來到飯廳，在鄭莉面前，傅華不好去說趙婷什麼，趙婷也不想繼續討論這個話題，兩人便適時地閉上了嘴。

吃完飯，傅華開車回家的路上，鄭莉問：「老公，你跟爸聊什麼，聊那麼久啊？」

傅華說：「爸爸說通匯集團現在形勢有點不好，想出售海川大廈的股份，問我海川市政府有沒有意向接手？唉，海川市政府怎麼會爲了駐京辦出錢買下通匯集團的股份呢！」

鄭莉有些擔心地說：「通匯集團如果將股份賣給別人，你豈不是就很被動了？」

傅華說：「是啊，所以我在想有沒有朋友有能力接下通匯集團手中的股份。」

「想到誰了嗎？」鄭莉問。

傅華搖搖頭，說：「這麼大一筆資金，很少有朋友可以拿得出來的。」

鄭莉想了想說：「誒，你爲什麼不問問南哥啊，也許他有興趣呢？」

傅華立即搖搖頭，說：「南哥不會買的，他現在一心在爭取齊東機場項目，拿到項目後，他們在前期可能要墊付不少的資金進去，這時候他哪有閒錢買什麼海川大廈啊？」

鄭莉煩惱地說：「那怎麼辦，就沒有別的朋友可以幫你這個忙的了嗎？」

傅華說：「有倒是有，不過都不是我願意引進來的。有些朋友引進來，反而是一個麻煩。看看再說吧，反正一時半會兒通匯集團也賣不掉的。」

鄭莉提醒說：「那你要不要把這件事跟孫市長彙報一下啊？」

傅華想了想說：「這倒是要的，這關係到海川大廈未來的走向，不論誰來買，總是要讓市政府知道這件事才行。」

第二天上班，傅華就打電話給孫守義，說了這件事。

孫守義聽完，沉吟了一會兒說：「傅華，你是一個什麼想法？」

傅華明知市政府是不太可能接手的，但是也不甘心就這麼放棄，便試探地說：「市長，要不我們買下來？我覺得還是有很大的增值空間的。」

孫守義笑說：「我也想幫你買下來啊，但是，傅華，你能幫我搞到這筆資金嗎？」

傅華苦笑了一下，說：「我哪有這個本事啊，這可不是幾十萬，這恐怕要上億的資金才行。」

孫守義說：「那不就得了，市政府從哪裡弄這筆錢啊？所以沒辦法，通匯集團要賣的話，就讓他們賣給別人好了，我們是沒法買的。」

傅華沮喪地說：「我明白了，市長。」

# 第二章

# 齷齪手段

聽束濤這麼義正詞嚴的，孫守義不禁失笑說：

「能行嗎？束董，我看鑫通集團準備這些帖子應該下了不少力氣，

他們會甘心就這麼接受你的建議，放棄這些齷齪手段，跟你公平競爭嗎？」

束濤說：「應該可以吧。」

臨近中午，趙婷打電話來，約傅華出來喝咖啡。

傅華也想見見趙婷，跟趙婷談那位藝術家的事，便說：「好，去哪裡啊？」

趙婷說：「就去方家胡同吧，那裏的『參差咖啡館』氣氛還不錯。」

傅華笑說：「小婷，你找了個藝術家男友就是不同啊，居然越來越有藝術作派了。」

傅華會這麼說，是因爲方家胡同號稱是皇城裏的迷你七九八，原來是中國機床廠的廠址，由於離雍和宮、國子監、孔廟很近，讓這處廠房無形中沾染了元、明、清三代古都的文化氣韻，便在這裏設立了一個文化創意園區，聚集了不同藝術領域的實體，有酒店、劇場、文化沙龍等機構，呈現一種獨特的藝術氛圍。

其中的「參差咖啡館」，傅華去過，這裏可以用舊書換咖啡喝，藝術氣息相當的濃厚。

趙婷說：「別扯什麼藝術了，你趕緊來吧。」

傅華就去了方家胡同，「參差咖啡館」挺有懷舊風，門口擺了塊黑板，上面用粉筆寫著店內的今日甜點，旁邊水泥柱子上掛著一塊木板，上面則是一首現代新詩，頗爲特別。

「參差咖啡館」門口一側是用鋼鐵焊起來的樓梯，通過樓梯可以來到房頂的平臺上。

趙婷就坐在平臺上的藤椅上，看傅華來了，便說：「喝什麼自己點吧。」

傅華叫了杯藍山，然後說：「誒，這麼藝術的地方，爲什麼不叫上你的藝術家男友啊？把他叫來吧，讓我也認識一下他。」

趙婷癟了一下嘴，說：「別裝模作樣了，你當我不知道爸爸想讓你勸我跟他分手啊？」

傅華笑說：「爸爸嫌他邋裏邋遢的，接受不了。其實我倒不覺得什麼，只要你喜歡就好了。」

趙婷不滿地說：「我知道他是什麼意思，這麼多年來，爸爸唯一接受的就是你。我剛跟你離婚的那段時間，他甚至爲了你都不願意搭理我。傅華，你真有本事，他可是從小寵我寵得跟命一樣，爲了你，居然差點跟我翻臉。」

傅華打圓場說：「不是，小婷，爸爸那個人骨子裏是很傳統的，他是氣你離婚，並不是不寵你了。好了，別談這些了，這些都過去了。」

趙婷苦笑了一下，說：「過去了，這能過去嗎？你看過木板上的那首詩了吧？那詩是怎麼寫的，痛苦會成爲一道永不消逝的傷痕，每想一次就會痛一次。」

趙婷顯得十分的落寞，這還是當初那個他剛認識時，青春洋溢的趙婷嗎？傅華有一種心痛的感覺，不禁問道：「小婷，你今天是怎麼了？」

趙婷冷笑說：「還能怎麼了，跟男朋友分手了唄，這下子你和爸爸都高興了吧？你們不用擔心我去跟一個髒鬼在一起了。傅華，你知道嗎，那傢伙很拽，說我不能理解他的藝術，什麼藝術啊，狗屁！也就是畫了幾張賣都賣不掉的畫而已。」

傅華聽得有些心酸，忙伸手過去握了握趙婷的手，說：「小婷，別難過了，你這麼好的一個女孩，他不要你是他的損失。」

趙婷看了傅華一眼，說：「傅華，你說我是不是受了什麼詛咒了，爲什麼離開你之後，我遇到的男人都是這麼差勁的呢？」

傅華搖搖頭說：「別胡扯了，這世界上哪有什麼詛咒的事啊，只是你還沒遇到那個適合你的人罷了，遇到了，就沒這麼多問題啦。」

趙婷沒有自信地說：「傅華，我還能遇到那個人嗎？」

傅華笑笑說：「當然，你肯定會遇到的，你這麼漂亮，這麼年輕，身材又這麼火辣，大把的好男人等著你呢。」

趙婷被傅華逗笑了，說：「我都已經是媽媽了，好男人誰還會喜歡我啊？」

傅華鼓勵她說：「最近不是流行一個詞叫做辣媽嗎？說明女人只要還火辣，總會有好男人喜歡的。你現在不就是一個辣媽嗎？」

趙婷捶了傅華肩膀一下，說：「去你的吧，你就愛拿我開心。」

傅華關心地說：「我不是拿你開心，我是希望你能開心。小婷啊，大家都很關心你，你不開心，我們也不會開心的，特別是爸爸，他很擔心你。誒，你跟男朋友分手這件事，回頭跟爸爸說一聲吧。」

趙婷賭氣地說：「爲什麼要說？讓他看我的笑話啊？」

傅華搖搖頭說：「小婷，你錯了，爸爸從來都沒有看你笑話的意思，他疼你還來不及呢。你沒覺得爸爸最近老了很多嗎？」

趙婷愣了一下，說：「有嗎？我怎麼沒注意到？」

傅華說：「昨天我在書房跟他喝茶時才注意到的，我發現不知道什麼時候，他的鬢角已經有白頭髮了。」

趙婷詫異地說：「爸爸真的有了白頭髮了？怎麼會？他在我心目中，始終是充滿著活力的。」

傅華挖苦趙婷說：「你這個女兒做的真是很不稱職啊，你不知道通匯集團最近經營上出現困難了嗎？」

趙婷搖搖頭說：「我不曉得，你也知道我這個人從來不關心公司的事的。」

傅華嘆說：「通匯集團現在業務萎縮了三分之一，有股東甚至施壓要他出售海川大廈的股份，爸爸最近的壓力很大。小婷，你就算不能去幫爸爸什麼，起碼也不要給他添堵吧。」

趙婷怔了一下，說：「爸爸從來沒跟我說這些。」

傅華說：「他當然不會跟你說了，你是他最寵愛的女兒，他只想讓你快樂，又怎麼會把這些讓人擔心的事說給你聽呢？」

趙婷點點頭，說：「這倒也是，是我這個女兒太不懂事了，這段時間還故意跟他鬧彆扭呢。傅華，我知道該怎麼做了。誒，爸爸如果真的承受不住壓力，將海川大廈的股份給出售了，對你沒什麼影響吧？」

傅華說：「當然有影響了。」

說到這裏，傅華頓了一下，他忽然想到自己不該只考慮自己，而去攔阻趙凱出售海川大廈股份的。趙凱既然開口跟他說這件事，就表示通匯集團現在的狀況已經很糟了。從他跟趙婷在一起，趙凱始終拿他當兒子看待，要是還有別的辦法，趙凱也不會跟他說起這件事的。自己應該多承擔一點，不要讓趙凱再難做了。

傅華就說：「小婷啊，你先等一下，我跟爸爸通個電話。」

趙婷打趣說：「幹嘛，不會是要拿我跟男朋友分手的事跟爸爸邀功吧？」

傅華笑說：「不是，我想跟爸說海川大廈的事。」

趙婷就不說話了，傅華掏出手機，打給趙凱。

「有事啊，傅華？」趙凱接了電話，說。

傅華說：「爸，是這樣的，今天我跟市裏彙報了通匯集團的事，市裏面已經明確表態說無意接手。如果順達有意接手，或者有其他合適的買家，您該出手就出手吧，就別顧慮我了。」

趙凱遲疑了一下，說：「可是，你這個董事長不就被動了嗎？」

傅華說：「我無所謂的，董事長我幹不幹都可以，我的身分是駐京辦主任，是個官員，而非商人。」

趙凱沉吟了一下，說：「傅華，是不是誰跟你說了什麼，你怎麼今天突然就改變主意了呢？」

傅華說：「沒人跟我說什麼，只是我想到現在通匯集團這麼困難，我不但幫不了您，還要拿這件事來困擾您，實在是不應該。您該怎麼做就怎麼做吧，我想無論海川大廈股份出售給誰，我都能應付的。」

趙凱聽了，也有些感動地說：「傅華，這你就不用爲我擔心了。我還能掌控住通匯集團局面的。」

傅華說：「您別這樣爸爸，我知道您若不是沒什麼別的解決辦法，根本就不會跟我提這件事的，您是做大事的人，還是當機立斷吧。」

趙凱遲疑了片刻，說：「好吧，我就決定出售海川大廈的股份了。傅華，謝謝你能理解我的處境。」

傅華笑笑說：「爸爸，是我該謝謝您才是，這些年您一直對我這麼好。」

趙凱嘆說：「傅華，我從來都是拿你當家人看，很慚愧，我沒有能照顧好你。」

傅華趕忙說：「爸爸，我一直覺得您對我們是最好的，包括小婷和小淼。只是我們不但幫不上您什麼忙，還老給你添亂。」

經過一番表訴，掛了電話後，趙婷不禁說道：

「傅華，難怪爸爸會那麼疼你，你確實比我對他好。好，我聽你的，晚上回去見到他，我會跟他說我跟男朋友分手了，讓他別為我擔心。是啊，你說得對，這時候我不能為他分憂，至少別再為他添堵。」

傅華笑笑說：「這就對了，這才不枉他那麼疼你。」

轉天，傅華接到趙凱的電話，趙凱說順達酒店也沒有接手股份的意思，章旻說酒店前段時間擴張的太快，資金鏈很緊繃，也拿不出錢來。

趙凱遺憾地說：「我本來希望章旻能夠接手的，畢竟順達酒店跟我們合作了這麼久，他接手的話，對你的影響是最小的。現在看來顯然是不行了。」

傅華趕忙說：「沒事的爸，我能應付的。」

趙凱接著說：「我已經放出消息去了，你也可以找找朋友看看，有合適的不妨讓他們跟我接洽。」

傅華答應說：「好的，爸爸。」

趙凱說：「誒，傅華，昨晚小婷跟我說她跟男朋友分手了，還說要我不要為她擔心，她會照顧好自己的。我這個女兒還是第一次這麼懂事，謝謝你了。」

傳華笑了起來，說：「爸，這有什麼好謝的，我們是一家人嘛。」

東海省，齊州。

金達在省委開完會，正要上車離開省委大院，這時，一輛車停在他的轎車旁邊，一個五十多歲的男人下了車，看著金達說：「金書記，你這是要回海川去啊？」

金達一看，是東海日報社的喬社長，就笑著說：「誒，老喬啊，你來省委幹嘛？」

喬社長說：「我有事要跟呂書記彙報。」

看到喬社長，金達突然想起何飛軍和顧明麗的事，便說：「老喬，碰到你正好，你們日報社是派了一個什麼樣的記者在我們海川啊？我們是希望你們省報能多宣傳一些我們海川經濟發展的事，可不是想讓她搞出什麼八卦來的。」

喬社長笑笑說：「金書記啊，那種事可是一個巴掌拍不響的，你不去責備你們的副市長，卻跑來怪我，這可不應該吧。」

金達說：「誰說我們沒責備何飛軍啊，我和孫市長可都批評過他，就差沒給他正式處分了。」

喬社長說：「那就行了吧，你還跟我說這些幹嘛啊？」

金達不滿地說：「我說這些，是希望你們省報要有個態度，省報可是黨報，你們的記者插足他人的婚姻，做第三者，這個形象可是很惡劣的。」

喬社長看了看金達，說：「那你想我怎麼辦？」

金達說：「就算你不處分顧明麗，起碼也將她從海川調走啊，你不能老把魚放在饞貓嘴旁嘛，這樣他就是想不偷吃也不行啊?!」

金達覺得最好的辦法就是叫省報將顧明麗調走，這樣他們兩個慢慢的就會斷了。

喬社長卻反問道：「金書記，你能確定他們兩個誰是饞貓，誰是魚嗎？」

金達愣了一下，笑笑說：「你這個老喬，就愛開玩笑，你管他誰是饞貓誰是魚呢？我現在就想把他們給分開，再在一起，我總擔心會出事的。你就當幫我一個忙，把顧明麗給我調走吧。」

喬社長說：「好吧，我答應你，等回去社裏研究一下，看把顧明麗調到哪裡去。我要趕緊上去了，可不敢讓呂書記等我。」

「那謝謝了。」金達說。兩人就各自分道揚鑣了。

第二天一早，金達上班，剛坐下，門就被推開了，顧明麗不顧工作人員的攔阻硬闖了進來。

她衝到金達面前，指著金達的鼻子大聲的嚷道：「金達，我在海川礙你什麼事了，你憑什麼非要我們社長將我調走？」

金達沒想到顧明麗會直接鬧到他這裏來，有點措手不及，鎮定了一下說：「顧小姐，你先冷靜一下好嗎？」

顧明麗氣呼呼地說：「我冷靜個屁啊，你在背後搞老娘的小動作，我還怎麼冷靜啊？金達，你今天一定要給我個說法，不然我就坐在這裏不走了。」

金達心中很是惱火，這個社會真是亂套了，這種亂搞男女關係的女人，不但不以自己的行爲爲恥，居然還理直氣壯地找上門來質問他，這算是怎麼一回事啊？

金達瞪了一眼顧明麗，說：「顧小姐，你可別給臉不要臉啊，我爲什麼讓你們社裏調走你，你不清楚嗎？」

顧明麗叫嚷著說：「你不就是想說我跟何飛軍有那種關係嗎？是啊，我就跟何飛軍有那種關係了怎麼樣啊？我又沒有影響到我在報社的工作，人家老婆也沒說什麼，你有什麼資格非讓報社將我調走啊？」

金達怒斥說：「你是沒影響到報社的工作，但是你影響到了何飛軍的家庭了，你還影響到政府官員的聲譽。我要你們社長將你調走難道不對嗎？你還有沒有點廉恥心啊？」

「政府官員的聲譽，」顧明麗哈哈大笑了起來，叫道：「金達，你開什麼玩笑啊，這年頭政府官員還有聲譽啊?廉恥?!你知道廉恥多少錢一斤啊?金達,你別這麼僞君子了,全海川市的人都知道那個城建局的劉麗華是你的姘頭,你還有臉問我有沒有廉恥?我看全海川市最沒廉恥心的人是你吧?」

「顧小姐,」金達真是火冒三丈了,氣道:「你別血口噴人啊,我跟劉麗華根本就沒你說的那種關係。」

顧明麗冷笑一聲,嘲諷說:「我的大書記,你還算是男人嗎?是男人的話,敢做就要敢認。」

「我沒做我要認什麼,」金達道:「你別給我胡攪蠻纏啊,現在是上班時間,你趕緊給我離開。」

「怎麼,說到你的痛處了?心虛啦?」顧明麗冷笑說:「金達,你今天如果不讓喬社長撤銷調走我的決定,我偏不走了。」

金達簡直忍無可忍了,一拍桌子,衝著工作人員喊道:「何飛軍呢,把他給我叫過來,讓他看看這都是搞了什麼事情出來。」

這時,何飛軍聽到消息,已經從市政府趕了過來,進門就一臉惶恐的對金達說:「金書記,對不起啊,我馬上就帶顧明麗走。」

金達瞅了何飛軍一眼,他真是動了三昧真火了,說:

「何飛軍，我已經警告過你要把這個女人的事情給處理好，這就是你處理好了？她這是來幹嘛，公開向我示威嗎？」

何飛軍一臉惶恐地說：「對不起啊，金書記，我馬上就帶走她。」

顧明麗卻在一旁嚷道：「我不走，他都要把我從海川調走了，我非要他給我個說法才行。」

何飛軍一臉苦相的衝著顧明麗叫道：

「我的祖宗誒，你非要害死我不可啊？你到底走不走啊，我跟你說，你不走的話，我答應你的事可全部作廢了，大家索性一拍兩散好了。」

顧明麗聽了，嚷道：「何飛軍，你敢！」

何飛軍說：「我都要被你給害死了，還有什麼不敢的？你到底走不走啊？」

顧明麗不得已，只好屈服說：「好，怕了你了，我走就是了。我跟你說，你答應我的條件如果不兌現的話，可別說我對你不客氣啊！」

何飛軍趕忙拉著她說：「好了，還不趕緊走！」

顧明麗氣呼呼地說：「走就走！」這才離開了金達辦公室。

何飛軍看著一臉鐵青的金達，低頭哈腰地說：「對不起啊，金書記，影響您的工作了，您忙，我走了。」

金達冷冷的看了看何飛軍，嘴上沒說什麼，心中卻下了決心，一定要給何飛軍一點紀律處分，何飛軍和顧明麗這麼鬧，市委如果還沒個說法，恐怕難塞悠悠眾口的。

何飛軍灰溜溜的離開了。金達越想越氣，恨不得馬上就把何飛軍交給紀檢單位去調查處分，但何飛軍那邊還有一個孫守義在呢，就是要處分他，也要跟孫守義通通氣才行。

金達就抓起電話，打給孫守義，說：「老孫，你能不能過來一下，我們研究研究何飛軍的問題。」

孫守義還不知道顧明麗又鬧事了，就說：「金書記，何飛軍又出什麼問題啦？」

金達說：「還是顧明麗的問題，剛才顧明麗在我這裏好一通大鬧，這樣子不行，如果不處分何飛軍，對海川上上下下都不好交代的。」

聽到顧明麗跑去金達辦公室鬧事，孫守義暗自苦笑，這個顧明麗還真是囂張，居然敢鬧到金達那裏去！何飛軍惹上這個女人也是倒楣！這次金達動了真怒，自己再想維護他，看樣子也是不可能的了。

孫守義去了金達的辦公室，聽完事情始末，心中覺得金達其實也有不對的地方，事態本來已經平息下來了，金達不該再去找喬社長將顧明麗調走。這正好給顧明麗一個鬧事的藉口。

不過雖然是這麼回事，孫守義話卻不能這麼說，便問：「這兩人實在是太不像話了，金書記，您想怎麼處理這件事啊？」

金達說：「老孫，我想我們對何飛軍已經算是仁至義盡了，可是他和顧明麗實在是鬧得太不像話，我們不能姑息下去了，這樣吧，回頭我們研究一下，讓紀委做做相應的調查，嚴肅處理吧。」

孫守義點點頭說：「是啊，我同意您的意見，何飛軍是應該嚴肅處理的。」

孫守義會這麼痛快的就同意處理何飛軍，也是顧明麗戳到了孫守義的痛點，那就是她提到了劉麗華，這可踩到地雷了。

所幸她以為劉麗華是和金達有不正當的關係，沒有提到他，但孫守義明白，金達心裏一定很彆扭，也會因此對他有所不滿，孫守義自然要趕緊消消金達的火。

金達說：「那行，就這麼說定了。就這樣吧，一會兒我還有個會要參加。」

孫守義說：「好，那我回市政府了。」

孫守義回到自己的市長辦公室，剛坐下，何飛軍就找了過來。

孫守義沒好氣地說：「老何，你不是跟我說顧明麗的事都處理好了嗎？怎麼她又鬧事了，還鬧去了金達那兒。」

何飛軍訴苦說：「本來是沒事的，可金達書記不該讓報社將顧明麗調走的，這就給了她藉口了。誒，市長，金書記現在是什麼意思啊？」

孫守義哼了聲說：「還能是什麼意思啊？顧明麗這麼一鬧，大家都下不來台了。金書記的意思是把你和顧明麗的事交給紀委處理。不好意思啊，這次我也幫不上你了。也是邪門了，那個顧明麗是不是想害死你啊，這麼一鬧再鬧的，這不是逼著上面處分你嗎？我真懷疑這女人是何居心啊。」

何飛軍左右為難地說：「也不是了，市長，她也沒什麼壞心眼。女人嘛，還不是就這麼幾招，一哭二鬧三上吊，除此之外，她們也玩不出甚麼把戲了。」

孫守義冷眼說：「不是這麼簡單吧？金書記說顧明麗離開的時候，可是威脅你，要你一定要兌現承諾，老何，你跟她承諾了什麼啊？」

何飛軍慌張的避開了孫守義的眼神，說：「也沒什麼了，也就是哄哄她而已。」

孫守義察覺到何飛軍的不自然，說：「老何，你可要心中有數啊，顧明麗這個女人不簡單，你可別哄出大麻煩來。」

何飛軍說：「不會的市長，這次我一定會把事情徹底解決掉的。」

孫守義不相信的說：「老何，你真能嗎？」

何飛軍重重地點了點頭，說：「我能的，顧明麗都鬧到金書記那裏了，我如果再不徹底了斷，下次還不知道她會鬧到哪裡去呢。」

孫守義心說你總算下了這個決心了，說：「你能下這個決心最好，你要知道，這種事越拖下去越麻煩。等到現在市委準備處分你了，你才下這個決心已經是有點晚了，趕緊當斷則斷吧。」

何飛軍說：「行，我馬上就去處理。您忙吧市長，我回去了。」

何飛軍就離開了，孫守義也算是鬆了口氣。

雖然何飛軍會被處分這個結果並不是很好，但是如果能徹底了斷他跟顧明麗的關係，也算是為這件事情劃上了一個句號。何飛軍能夠及時止血，頂多受個行政處分，他這個市長也不會跟著受太大的影響。

於是孫守義就不再去管這件事了，他覺得只要紀委啓動調查，給何飛軍一個行政處分，對各方都有一個交代，這件事也就完結了，那還擔心什麼呢？

然而後來事情的發展，證明孫守義把這件事情看得太過簡單了，他不但把事情看得簡單了，把何飛軍這個人也看得簡單了，因為何飛軍的做法是他根本就想不到的，也因此事態的發展走向了一個完全令人傻眼的狀況。

在顧明麗鬧事後的第三天，孫守義正在辦公批閱公文，束濤打電話來，跟他說：「市長，鑫通集團開始抹黑我們了。您現在開著電腦吧？」

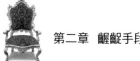

孫守義說：「開著呢，怎麼了？」

束濤說：「你看看網路上出現了很多污蔑城邑集團的帖子，都是在國內一些著名的論壇上，你搜索一下就可以看到了。」

孫守義上網搜了一下，一堆揭發城邑集團的文章就跑了出來，什麼官商勾結，城邑集團收買海川市市委書記，欲拿下舊城改造項目卻失手；什麼城邑集團董事長束濤發跡解密；什麼城邑集團牽涉海平區區長陳鵬受賄一案，最終卻蹊蹺的全身而退……等等不一。

孫守義迅速的流覽了，然後對束濤說：「束董，說來真是諷刺啊，這些手段你當初不都用過嗎？沒想到現在人家用來對付你了吧？」

當初城邑集團和天和房產爭奪舊城改造項目的時候，束濤也用了一些上不了臺面的做法，其中就包括在網路上發帖污蔑天和房產和金達、孫守義有官商勾結的行爲，所以孫守義看到這些帖子有種報應不爽的感覺。

束濤尷尬的說：「市長，我當初做事是有些糊塗，讓您見笑了。」

孫守義笑笑說：「好了束董，你也不要感到歉意了，那些都是過去的事了。現在的問題是你要怎麼去解決這件事啊？」

束濤說：「我已經在找管道跟鑫通集團溝通了。」

孫守義詫異地說：「這件事能溝通得了嗎？」

束濤說：「應該可以吧，我透通過朋友給都承安遞了話過去，跟他說大家可以公平競爭，不要做這些上不了臺面的齷齪手段。」

聽束濤這麼義正詞嚴的，孫守義不禁失笑說：「能行嗎？束董，我看鑫通集團準備這些帖子應該下了不少力氣，他們會甘心就這麼接受你的建議，放棄這些齷齪手段，跟你公平競爭嗎？」

束濤說：「都承安應該沒那麼容易放棄，不過，我會找朋友讓他知道我的建議真是為了他好的。」

束濤這是想要手段逼人退出了，這部分孫守義就不好參與了，便說：「那希望你能說服鑫通集團。還有別的事嗎？」

束濤說：「還有一件事，那就是我們的曲副市長。」

孫守義說：「曲志霞怎麼了？」

束濤說：「是這樣，我一些相關部門的朋友跟我說，曲志霞在向他們暗示市政府希望鑫通集團得標。這個您看是不是想辦法管管？曲志霞這麼說，會讓一些同志認為曲志霞是在代表市政府講話的，這一點很令我那些朋友困擾。」

孫守義聽了說：「這樣啊，好吧，這個交給我來負責，既然曲志霞這麼不知檢點，我會跟金書記說說，讓他警告一下他這位老同事的。」

束濤達到目的了，就說：「那我就先謝謝您和金書記對城邑集團的支持了。」

孫守義笑笑說：「束董客氣了，大家也都是爲了海川經濟的發展嘛。」

第二天一早，孫守義就去了金達的辦公室。

「書記，網上關於城邑集團的那些帖子您看到了沒？」一坐下來，孫守義就問道。

金達說：「一下子冒出那麼多關於城邑集團的帖子，我怎麼會看不到呢，我大概看了一下，你別說，這些帖子的內容還大多屬實呢。」

孫守義說：「是啊，昨天我還拿這個跟束濤開玩笑呢，說他被人這麼搞，也算是因果報應了。」

金達笑笑說：「這倒是。不過，老孫啊，無風不起浪，一下子冒出這麼多帖子，是有人想抹黑束濤吧？」

孫守義點頭說：「是的，束濤說，這些都是鑫通集團在暗地裏搞的，他已經找朋友向鑫通集團溝通這件事了，所以應該不成什麼問題的。成問題的是我們的曲副市長，束濤說她在跟相關部門暗示，那塊地要讓鑫通集團得標。這樣下面的同志感到很困擾。您看這件事要怎麼處理才好啊？」

金達看看孫守義說：「老孫，你覺得該怎麼處理？」

孫守義說：「我覺得該跟曲副市長談談這件事了，要她多維護我們海川自身的利益，不要再插手氮肥廠這個地塊的事了。」

金達想了想，也覺得如此，便說：「是啊，我們班子的同志是該統一一下想法才對。」

孫守義說：「那是您來跟她說，還是我來跟她談呢？」

金達想了想說：「還是我來跟她談吧。她畢竟跟我同事過，我來跟她說，她應該更能接受一些。」

孫守義樂得金達把這個得罪人的活給攬過去，就笑笑說：「是啊，我也覺得您跟她說更好一些，您是我們這個領導班子的班長，比我說也更有權威一些。那就這樣，我回去了。」

金達說：「你先別急著走，我還有事情跟你說。這件事你知道嗎？」說著，拉開抽屜，拿出一份表格遞給孫守義。

孫守義疑惑的說：「什麼事啊？」

孫守義接過了表格，一看內容，臉色頓時就變了，金達遞給他的是一份領導幹部婚姻變化情況報告表，報告人是何飛軍，配偶欄的名字填的是顧明麗。

向黨委報告婚姻變化是中央剛剛推出的一項關於領導幹部個人有關事項的規定。孫守義沒想到他看到的第一份報告，居然是何飛軍的；更沒想到的是何飛軍跟他說的徹底解決的措施，竟然是跟老婆離婚，跟顧明麗結婚。

這讓孫守義有些傻眼，看著金達說：

「這何飛軍是搞什麼鬼啊？他居然娶了顧明麗？」

金達笑說：「看你這個震撼的樣子，原來事先你也不知道。」

孫守義氣惱的說：「我當然不知道啦，諒他也不敢讓我先知道，我知道的話，才不會讓他這麼做呢。」

金達說：「我接到何飛軍遞來的這份表格時，也感覺匪夷所思。老孫啊，你不覺得我們倆都小看了何飛軍嗎？」

孫守義點點頭說：「是啊，這傢伙這一手玩得高啊，這麼一搞，市委便沒有什麼理由可以處分他了。」

的確是，何飛軍娶顧明麗算是一個釜底抽薪的高招。

原本金達和孫守義想要處分何飛軍，是基於何飛軍在有婚姻的狀況下，跟顧明麗發生婚外情，因而違背了黨紀對幹部私生活的要求。但現在何飛軍用閃電速度跟原配離婚娶了顧明麗，何飛軍跟顧明麗就變成合法夫妻關係了，那上面再要來說何飛軍跟顧明麗存在私生活作風問題，就不成立了，你總不好說他們夫妻倆亂搞男女關係吧？

這招不得不說很有效，一下就堵住了各方的非議，也讓金達和孫守義都覺得小看了何飛軍，他們都沒想到過何飛軍會用這種方法來解決問題。

金達說：「老孫，你說這何飛軍是怎麼一回事啊？我真是看不過他這種爲了保住官位不擇手段的做法。真是林子大了，什麼鳥都有啊。」

孫守義也苦笑說：「我也看不慣啊，看來要真正的看透一個人，是需要時間和眼光的。我不知道這個何飛軍究竟是怎麼想的，他這樣子做，雖然組織上不好再來處分他，但是也引起了大家對他的反感，這一手看似聰明，實際上卻是蠢得要命啊。」

金達說：「老孫，那我們就這麼放過他嗎？讓這傢伙這麼輕易逃過處分，我真是有些不甘心啊。」

孫守義勸說：「算了吧，不要去跟他計較了。不過，這件事他也沒有那麼容易逃過去的，社會大眾對此肯定會有所公論的，何飛軍就算逃過了處分，我想他的日子也不會好過的。」

金達仍然忿忿不平地說：「雖然不能給他處分，但是我要在常委會上對何飛軍這種行爲提出嚴厲的批評，要我們的領導幹部都以此爲戒，謹慎處理好私生活問題。」

孫守義說：「這我倒贊成。一定要狠狠的敲打一下這傢伙，讓他知道我們沒那麼好耍弄。」

金達不禁感慨說：「老孫啊，我們這一屆的班子裏出了何飛軍和曲志霞這兩個有私心的同志，還真是讓人頭疼啊。這個曲志霞也是，她不知道怎麼變得跟開發商走在一起去了。」

孫守義只好勸慰金達說：「您也不要太擔心啦。我們盡力本分就是了，如果他們不聽規勸，必然會爲自己的行爲付出代價的。」

金達無奈地說：「也只好這樣了。你先回去吧，回頭我會跟曲志霞好好談談的。」

孫守義就回到市政府，在辦公室裏坐下來後，他拿起杯子喝了口水，這時腦子裏忽然閃過一個念頭，他似乎明白爲什麼顧明麗這些日子會一鬧再鬧了。原來她一再鬧事，並不是逼著組織上處分何飛軍，而是逼著何飛軍離婚娶她的。

如果是這樣的話，所有的事情就能解釋得通了。

她故意營造一種危險的氛圍，讓何飛軍覺得不娶她的話，就一定會被組織處分。這個女人真是夠狡猾、夠有心計了。

但是問題是不是就這麼簡單呢？這裏面何飛軍會不會還有別的什麼把柄被顧明麗抓著呢？

孫守義之所以會有這樣的疑問，是因爲他感覺僅僅是一個違紀行爲，似乎還不足以逼何飛軍離婚的。如果僅僅是因爲違紀問題，那何飛軍早就離婚了，也不會讓顧明麗鬧了這麼久。

另一方面，這件事當中還有一個讓孫守義感覺蹊蹺的點，那就是何飛軍的元配怎麼會那麼痛快的就跟何飛軍離婚了呢？這有點不合邏輯。

通常官員的老婆對官員跟小三來往，爲了保住婚姻，都是採取隱忍的態度。但現在，何飛軍的妻子不但接受離婚，還在極短的時間內跟何飛軍辦妥離婚手續，這不能不讓孫守義有所懷疑。

他覺得有兩種可能性，一是顧明麗手中握有能讓何飛軍完蛋的證據，比方說何飛軍有什麼貪腐的行爲，顧明麗以此相要脅的話，何飛軍不得不妥協，尤其是在紀委準備調查何飛軍的時候。二是何飛軍付給他元配足夠的代價，換取自由。

這兩種情況，無論是哪一種，何飛軍可能都存在很嚴重的問題，孫守義對何飛軍開始心生警惕起來，他也覺得該跟何飛軍保持一定的距離比較好。

然而，他想跟何飛軍保持距離，何飛軍卻沒有要跟他保持距離的意思，下午，何飛軍就敲門進了他的辦公室。

孫守義看何飛軍畏畏縮縮的樣子，就猜這傢伙是來跟他爲再婚的事道歉的，就沒打算給他好臉色，也不問他來有什麼事，只顧低頭看自己的公文，索性來個相應不理。

何飛軍知道孫守義在生他的氣，站在那裏也不敢坐，陪著小心說：「市長，我來……」

「你等一下，」孫守義打斷何飛軍的話，冷冷地說：「你沒看見我在看公文嗎？有什麼話等我看完再說。」說完就不再說話了，也沒說讓何飛軍坐下來等。

何飛軍被晾在那裏。站也不是，坐也不是；也不好說走，臉上直冒冷汗。

就這樣過了一個多小時，直到孫守義覺得晾夠了，這才抬起頭來，故意裝不知情地說：「誒，老何，你怎麼不坐下來等啊？趕緊坐啊，這麼站著多累啊？」

何飛軍小心翼翼地說：「市長不讓我坐，我哪敢坐啊？」

孫守義看了何飛軍一眼，說：「好了，趕緊坐下來吧，好像你什麼時候真的把我的話當回事了。」

孫守義這是擺明了不信任何飛軍的態度，何飛軍額頭上的汗越發的多了，他站在那兒陪笑著說：「市長，我來是想跟您解釋一下跟顧明麗結婚的事……」

孫守義再次打斷了何飛軍的話，說：「老何，你跟顧明麗的事是你們之間的事，不用跟我解釋，如果你只是想說這件事，你現在就可以離開了。」

何飛軍臉色頓時變得煞白，撲通一聲給孫守義跪了下來，帶著哭腔說：

「市長，我對不起您，我知道您是讓我跟顧明麗徹底了斷的，本來我也想照您的意思去做。但是誰知道我跟那女人說要跟她分手，她馬上就跟瘋了一樣，說如果我非要跟她分手的話，她就死在我面前。」

孫守義一開始被何飛軍跪下的動作嚇到了，本來他想去把何飛軍給扶起來的，但是隨即他放棄了這個想法。他搞不清楚何飛軍究竟是真的，還是在跟他演戲，索性坐在那裏，看何飛軍還能做出什麼來。

何飛軍看孫守義一副冷眼旁觀的樣子，就說：

「市長，我知道我讓您失望了，但是我確實也是被逼無奈啊，當時顧明麗就在我面前拉開窗戶要從樓上跳下去，我簡直都要被她給嚇死了，拼了命的攔住她。她大哭讓我別攔她，說反正我也不娶她，她沒臉活了，還是讓她死了算了。市長，我哪見過這種場面啊？」

說到這裏，何飛軍居然嗚嗚的哭了起來。

## 第三章

# 成功的代價

曲志霞在心中暗暗發誓，自己一定要出人頭地，而為了成功，
有些代價是必須要付出的，於是曲志霞重新打起了吳傾的主意。
一念天堂，一念地獄，一念之間就可以完全改變一個人的決定，
相應的也就改變了一個人的命運。

孫守義還是第一次看到一個大男人哭得這麼傷心，不免動了惻隱之心。於是走過去把何飛軍拉了起來，說：「老何，你這是幹嘛啊，一個大男人哭哭啼啼的像話嗎？趕緊給我站起來，有什麼話好好說。」

孫守義不拉還好，這一拉似乎讓何飛軍更加感覺委屈，越發哭的傷心，邊哭邊說道：「市長，我真的是被逼得沒辦法了，我總不能看著顧明麗在我面前自殺吧？所以只好答應娶她了。我現在真是後悔啊，當初怎麼就跟她有了那種關係呢？我真該死，我真該死。」

何飛軍說著，居然用力的把頭往地上猛撞。

這個場面孫守義只有在電視中的肥皂劇看到過，他覺得何飛軍演得有點超過了，就一把將何飛軍扯了起來，抬手狠狠地給了他一巴掌，訓斥道：「何飛軍，你醒醒，一個大男人要死要活的像什麼話啊？」

孫守義這一巴掌打得又狠又重，瞬間何飛軍的半邊臉就腫了起來。

何飛軍沒想到孫守義會對他下這麼重的手，愣在當場，一時之間居然忘記了哭泣。

孫守義心中有種解氣的感覺，訓斥道：「男人要有承擔，哭能解決問題嗎？既然事情已經這樣了，不該離的也離了，不該結的也結了，你就接受現實吧。」

何飛軍可憐巴巴的看了孫守義一眼，說：「市長，您肯原諒我了？」

孫守義沒好氣的說：「我不原諒你又能怎麼樣呢？難道我還能再逼著你跟顧明麗離婚嗎？行了，我已經爲你的事煩透了，既然你娶了顧明麗，就跟她好好過日子吧，別再給我鬧出什麼新花樣來了。」

何飛軍感激涕零地說：「謝謝市長您這麼諒解我。」

孫守義苦笑地搖搖頭說：「老何，我現在恨不得踹你兩腳。但是木已成舟了，我也不想多說了，這件事就這樣吧。以後給我好好工作，不准再出這種么蛾子了，知道嗎？」

孫守義雖然是訓斥的語氣，但終究是一種諒解的口吻，讓何飛軍感到孫守義是原諒他了，趕忙點點頭說：「我知道了市長，以後再也不會了。」

與此同時，曲志霞被金達叫到了市委書記辦公室。

「金書記，您找我什麼事情啊？」

金達笑笑說：「老同事，你來海川也有些日子了，怎麼樣，對我們海川經濟發展有什麼看法啊？」

曲志霞笑笑說：「我能有什麼看法啊，就是配合孫市長處理好分管的工作就是了。」

金達說：「那你對老孫和我處理工作的方式可有什麼意見沒有啊？」

曲志霞看了金達一眼，有點不清楚金達繞圈子是什麼意思，便說：「都挺好的，我能有什麼意見啊？金書記，您究竟想說什麼啊？」

金達說：「那你該知道我和老孫都是不愛去插手涉及經濟利益方面的事務的人吧？」

曲志霞的臉一下子僵住了，看了金達一眼說：「金書記，您這麼說是什麼意思啊，您是想說我插手市裏面的經濟事務了？」

金達正色說：「你有沒有插手我不清楚，只是市裏最近有一些風言風語，說你在干涉氮肥廠地塊的招標事務。」

曲志霞被說中了心事，臉騰一下紅了，衝著金達叫道：「這是胡說八道，什麼人跟您講這些沒根據的謠言了？您讓他出來跟我對質。他有證據的話，我曲志霞馬上就辭職不幹這個常務副市長了，如果他沒有證據的話，我可要告他誹謗的。」

金達冷眼看著曲志霞，曲志霞這種近乎失態的舉動讓人一看就知道她肯定是干涉過氮肥廠地塊的競標的。他暗自搖搖頭，這個女人真是昏了頭了，這種事情也是可以做的嗎？

金達說：「老同事，你先冷靜一下，我都說是一些風言風語了，我當然是不相信你會這麼做的。不過瓜田李下，有些時候還是需要避避嫌的。氮肥廠地塊也不在你分管的範圍之內，索性你就不要再去參與了。」

「我什麼時候參與了，我什麼時候參與了？」曲志霞耍賴似的嚷道。

金達看她完全是一副耍賴的架勢，心中越發的不高興了，說：「好了好了，你沒參與行了吧？老同事，我並沒有說你怎麼樣，我只是出於善意提醒你一下罷了。這些年來，工程項目是我們領導幹部最容易出問題的地方，沾上就沒好事，所以我希望大家最好能儘量離工程項目遠一點。」

曲志霞心說：金達，你說的好聽，你當我不知道你和孫守義聯手將項目給了束濤嗎？你今天把我找來，還不是因爲鑫通集團開始對付束濤，讓你覺得束濤可能拿不到地了，所以才跳出來想用市委書記的權威壓制我嗎？

曲志霞便冷冷的說：「我真的不明白您的意思，我也沒插手什麼，也就不存在什麼遠不遠的問題了。」

看曲志霞的樣子，似乎根本就沒把他的話當一回事，金達就沒有興趣再跟曲志霞談下去了，便說：「那就好，我要跟你說的就是這件事，就這樣吧。」

曲志霞氣哼哼的回到自己的辦公室，坐在辦公室裏越想越氣，金達，你和孫守義上下其手，還敢道貌岸然的來指責我，不就是因爲你是市委書記嗎？想用權威壓服我曲志霞，沒門！你等著吧，都承安還不知道憋著什麼招等著對付你們呢。

她在這時候特別感覺到常務副市長的權力對她來說是不夠的，如果她現在比金達高一個級別，金達哪還敢像今天這樣裝腔作勢的來說她啊?!還不老老實實地她說什麼就是什麼！

不行，爲了爭這口氣，自己一定要想辦法爬到比金達更高的位置上去！但是要那樣子的話，她就還是需要吳傾做她的博導，來爲她鍍鍍金。

曲志霞在心中暗暗發誓，自己一定要出人頭地，而爲了成功，有些代價是必須要付出的，於是曲志霞原本想放棄跟吳傾讀博的念頭開始動搖了，她重新打起了吳傾的主意。

一念天堂，一念地獄，一念之間就可以完全改變一個人的決定，相應的也就改變了一個人的命運。

就在曲志霞被金達叫去談話的第二天，她接到都承安的電話。

曲志霞向都承安抱怨，說金達把她找去威脅了一番，問都承安下一步要怎麼去對付城邑集團和束濤。此刻，她還想著要怎麼去把氮肥廠地塊拿下來，好讓金達和孫守義吃癟呢。

但是都承安卻是語氣沮喪地說：「曲副市長，沒有什麼下一步了，你如果還有什麼在進行的行動，都停下來吧，鑫通集團決定放棄爭取氮肥廠地塊了。」

曲志霞一下愣住了：「怎麼了，都董，不是進行得好好的嗎？爲什麼要停下來啊？」

都承安無奈地說：「沒辦法，這次我們踢到鐵板了。省裏有領導讓人給我們遞話來，希望我們收手，不要再去跟城邑集團爭。」

曲志霞生氣地說：「都董，你就這樣被人幾句話就嚇住了？你還算是個男人嗎？」

都承安苦笑說：「曲副市長，我也很想抗住，但是不行啊，遞話的是齊州規劃局一個很有實權的副局長，如果我不聽他的話，那今後鑫通集團就別再想在齊州做什麼項目了。我可不想為了一塊能不能得到都還很難說的地塊，讓鑫通集團在齊州斷了生路。」

都承安這麼說，曲志霞便知道鑫通集團除了放手，沒有別的選擇了，束濤完全打到了都承安的七寸，開發商討好規劃部門還來不及呢，又怎麼敢跟規劃部門的重要領導對抗呢。

曲志霞嘆了口氣，說：「這個束濤手段可真夠狠辣的。既然這樣的話，那就聽你的放棄吧，只是便宜束濤這個混蛋了。」

都承安也很頹喪地說：「沒辦法，形勢比人強啊。」

曲志霞因為心情大受影響，也沒情緒再跟都承安談下去了，便說：「那就這樣吧，都董，我還有事要忙，掛了啊。」

曲志霞說著想掛電話，都承安卻叫道：「等等，曲副市長，先別掛電話，有些事我們是不是還需要商量一下啊？」

曲志霞愣住了，說：「都董，還有什麼事啊？你都放棄爭取地塊了，還要跟我商量什麼啊？」

都承安欲言又止地說：「不是，曲副市長，你再想想，我們應該還有些事情需要談一下的。」

曲志霞還沒反應過來，問說：「都董，我想不出還有什麼事情需要商量的啊。」

都承安有些不高興地說：「曲副市長，你這揣著明白裝糊塗就不應該了吧？難道你忘記了我匯了一筆錢給你作爲爭取氮肥廠地塊經費的事啦？現在鑫通集團決定放棄這個項目，你是不是該將錢還給我啊？」

「你！」曲志霞被都承安的話給氣壞了，原來都承安打電話來，是想要她把活動費給退回去的，她因爲沒能鬥得過金達和孫守義已經很惱火了，都承安居然又在這時候跟她要錢，讓她氣得說不出話來。

曲志霞不說話，都承安以爲她是不想還這筆錢，便說道：

「曲副市長，你要理解我的處境啊，鑫通集團爲了這個項目可是花了不少的錢，現在被逼著放棄了，這些損失鑫通集團都得要承擔下來，這已經讓我不好跟其他股東交代了，我讓你退這筆錢，也是迫不得已的。這樣子吧，你也爲這個項目辛苦了，你可以留五萬塊作爲辛苦費，剩下的就麻煩退回來吧。」

都承安不這麼說還好，這麼說，簡直把曲志霞肺都給氣炸了，她嚷道：「都承安，我從來沒想賴你的錢，我曲志霞就值五萬塊啊？我只是沒想到你這麼無情無義，馬上就來逼我還錢了。」

都承安尷尬的說：「曲副市長，你別生氣，我這也不是沒辦法嘛。」

曲志霞冷笑一聲，說：「都承安，你別在我面前裝了，幾十萬對你來說算個屁啊，你不過是怕我賴你的錢，找藉口逼我還錢罷了。你也不用那麼小人之心了，回頭我把錢匯給你就是了。」

都承安聽曲志霞同意還錢了，暗自鬆了口氣，追問道：「那曲副市長，你什麼時間把錢匯過來啊？」

曲志霞這下子更是被氣得差點吐血，幾乎就要破口大罵了，她深呼吸了一下，說道：「都承安，我以前怎麼不知道你是這麼個人啊，不就是幾十萬嗎？行，我現在就去匯給你，這下總可以了吧？」

都承安這才滿意說：「可以了，我等著你啊，曲副市長。」

曲志霞啪地一聲掛了電話，然後去銀行把錢匯給了都承安。

她本想全額退給都承安的，但是臨到最後，改了主意，還是扣下了五萬塊。

對曲志霞來說，她雖然拿到了五萬塊，卻生了一肚子的氣。不但被金達和孫守義耍弄，更感受到都承安的無情無義，心中深深地種下了仇恨的種子，也更加深了她要跟吳傾讀博的決心。

北京。

傅華出現在湯言的辦公室。

湯言看到他，意外地說：「傅華，最近可是有段日子沒看到你了。」

傅華打趣說：「你湯少多忙啊，我沒事哪敢隨便來打攪你啊。」

湯言笑了，說：「別這麼酸，我這門可是隨時爲你開著的。這麼說，你來是有事了？」

傅華點點頭說：「是有事，通匯集團想要出售海川大廈的股份，我想讓你幫忙問問，你的朋友當中有沒有對此感興趣的？」

由於現在市場形勢並不好，加上通匯集團並不控股，海川大廈還有海川市政府和通達酒店的股份，股東分子比較複雜，所以雖然有感興趣的集團來問過，但最終卻都沒有下文了。於是傅華想拜託湯言看看有沒有人有興趣接手。

湯言詫異地說：「通匯集團爲什麼要出售股份呢？難道海川大廈不賺錢？」

傅華說：「賺錢是賺錢，只是現在通匯集團遇到資金上的困難，想要出售部分資產套現。海川大廈與他們的主業無關，就被列入出售名單了。」

湯言心有戚戚焉地說：「唉，現在大環境很差，很多實業都在萎縮，你想要找個合適的買家並不是件容易的事啊。誒，傅華，你爲什麼不乾脆籌集資金，自己把股份買下來啊？」

傅華笑說：「湯少，你也太瞧得起我了吧，我一個小小的駐京辦主任，上哪兒弄這筆資金來收購啊？」

湯言正經地說：「我知道你沒有，但是你可以從別人那裏籌啊，比方說鄭叔，在他來說，弄個幾億來收購股份還是沒問題的。」

傅華立刻搖搖頭說：「湯少，別開這種玩笑了，你要嚇死他啊，他本來就覺得我娶了小莉是高攀了，如果我再讓他出資金收購海川大廈的股份，他會覺得我是在想辦法騙他的錢的。再說，你也不是不知道，小莉也不願意跟他有太多的接觸。」

湯言不禁說道：「你們倆啊，就是假清高，鄭叔那麼多錢，你們做子女的幫他花一點怕什麼啊？我就是父親沒那麼多錢，有的話，我也不需要現在還這麼辛苦的想辦法賺錢了。」

傅華笑了起來，說：「別說得這麼委屈了，你從你父親那裏得到的好處恐怕不止我岳父那點錢吧？」

湯言說：「那是另外一回事，我雖然可以沾點光，但是總要辛苦去賺來才行。好了，你這件事，我沒辦法馬上答覆你，恐怕也沒有現成的買家等著；我會幫你留意的，有買家了我會通知你一聲的。」

傅華知道湯言所言屬實，就笑笑說：「那我先謝謝了，如果成了的話，回頭我請你吃飯。」

湯言笑笑說：「飯就省了吧，我又不少你一頓飯吃。」

傅華就站起來說：「那你忙，我就不打攪了。」

這時，辦公室的門被敲響了，傅華看向湯言，說：「你有客人？」

湯言說：「約了一個香港的朋友，財力雄厚啊，讓我幫她操作收購一家公司的股份。誒，你等一下走，也許她會對你們海川大廈感興趣也說不定的。」

於是傅華就坐了下來，說：「那你幫我問一下好了。」

湯言開了門，傅華就聽到一個熟悉的聲音在問：「誒，湯少，你有客人啊？」

傅華愣了一下，扭頭一看，原來湯言約的朋友居然是喬玉甄！他暗自好笑，這世界實在是太小了。那次他跟喬玉甄吵起來之後，就再沒聯繫過，沒想到竟會在湯言這兒又遇到。

傅華心知喬玉甄是不會買海川大廈的，就算是喬玉甄要買，他也不願意讓通匯集團賣給她。他便不想留在這裏看喬玉甄盛氣凌人的嘴臉，就站起來說：「湯少，你招待朋友吧，我先走了。」

湯言愣了一下，看著傅華說：「誒，你不是要我……」

「不用了，」說著，傅華衝喬玉甄點了點頭，說：「幸會啊，喬小姐，你跟湯少慢慢聊吧。」

喬玉甄微笑著說：「誒，傅華，怎麼我一來你就要走啊？還生我的氣啊，沒這麼小氣吧？」

湯言訝異地說：「原來你們認識啊？」

喬玉甄笑笑說：「當然認識了，我們可是好朋友。」

傅華譏刺地說：「好朋友是高攀不上了，好啦，我真的要走了，你們聊吧。」

喬玉甄有些下不來台，惱怒的說：「傅華，你還算男人嗎？爲了那麼點小事就耿耿於懷嗎？」

傅華心說：我算不算男人關你什麼事啊？反正我是不想搭理你了，就笑了笑說：「湯少，先走一步了。」

湯言有趣的看著兩人，就說：「行，你先走吧，回頭聯繫上買家，我給你電話。」

傅華就頭也不回的走出了湯言的辦公室，沒再理會喬玉甄的反應。喬玉甄似乎也很有風度，沒有叫嚷什麼。

傅華回到駐京辦，一個多小時後，湯言打電話來，開口就說：「老實交代，你跟這個喬玉甄是怎麼一回事啊？」

傅華賭氣地說：「還能是怎麼回事啊，本來是朋友，但這傢伙太盛氣凌人了，我受不了，就掰掰了。」

湯言愣了一下說：「盛氣凌人，沒有吧？我接觸喬玉甄這段時間，她給我的印象是個很八面玲瓏的人啊，從來都沒有在我面前擺過架子什麼的。」

傅華笑說：「你湯少是什麼人啊，她哪敢在你面前擺什麼架子？我就不同了，小人物一個，人家隨便都能欺負的。」

湯言聽了，不禁說道：「別把自己說的那麼可憐，你這傢伙骨子裏比我還傲氣呢。你是不是太敏感了？我感覺喬玉甄真的不像你說的那樣，她的來頭也不小的，介紹她給我認識的那個傢伙現在正得勢，她真的要擺架子給我看，我也得老實受著的。」

傅華說：「這倒是，那個女人身後有一批實力雄厚的人在支持的。好了湯少，這種人物你跟他來往還是可以的，我就無法高攀了。」

湯言卻說：「恐怕你不想高攀也得高攀了，通匯集團的事我跟她說了，她很感興趣，你等著吧，估計她很快就會找上你的。」

「她要買海川大廈的股份？」傅華驚訝的問道。

湯言說：「對啊，她說她很感興趣。」

傅華苦笑說：「這個女人，她買這個幹什麼啊？難不成她要投資旅館業？」

湯言說：「這我就不知道了，也許她想買下海川大廈的股份，然後專門去擺架子給你看呢？反正那個女人真是很有錢。」

傅華笑了起來，說：「別開玩笑了，湯少，她就是再有錢，也不至於拿上億的資金來專門逗我玩吧。」

湯言打趣說：「是不是專門逗你玩我就不知道了，反正我看她對海川大廈感興趣是真的，你等著吧，這會兒她已經從我這裏離開了，也許等會兒她就會到你那兒去了。誒，你要不要趕緊溜啊？」

傅華笑說：「我溜什麼啊，我又不怕她。」

湯言取笑說：「你怕不怕自己心中清楚，剛才在我這裏，你那個姿勢可不像不怕的樣子。」

傅華說：「湯少，你真是會說笑，我有那麼膽小嗎？」

湯言笑了笑說：「好了，不逗你玩了，我還有事。不過我警告你啊，別做對不起小莉的事。」

傅華嗤了聲說：「去你的吧。」湯言就掛了電話。

過了二十多分鐘，傅華就聽到有人敲他辦公室的門，喬玉甄果然推門進來了。

傅華苦笑說：「你不會真要買海川大廈的股份吧？」

喬玉甄埋怨說：「連句請坐都沒有，這可不是待客之道啊。」

傅華看了喬玉甄一眼，反譏說：「沒來由的就發火，也不是什麼朋友相處之道吧？」

喬玉甄笑了起來，說：「我們是朋友嗎？剛才在另一個辦公室裏，我好像聽見有人說我們不是朋友。」

傅華回道：「既然你覺得我們不是朋友，我也沒接待你的義務，請你離開吧。」

喬玉甄卻挑釁地說：「傅華，你就這麼點度量啊？我爲什麼要離開，你不是要給海川大廈找買主嗎？我就是買主啊，這時候你該站起來，趕緊給我倒茶，討好我吧？」

「喬玉甄，」傅華真的被氣到了，叫道：「你玩夠了沒有啊？」

喬玉甄也毫不示弱的道：「沒有，才剛剛開始呢。」

傅華無奈地說：「我真是不明白，我哪裡惹到你了，我說的是曲志霞，你生的是哪門子氣啊？」

喬玉甄說：「你那天的語氣充滿了對女人的蔑視，讓我覺得很不舒服。曲志霞那麼做怎麼了？她只不過是想爲自己爭取一條好升遷的道路罷了，不行嗎？是你們這些臭男人處處想占女人的便宜，你不去蔑視侮辱女人的男人，卻來蔑視一個受害者，傅華，你可真是夠高尚的啊！」

傅華冷笑說：「我不覺得自己多麼的高尚，不過你也不用爲曲志霞抱屈，她如果真的覺得受了侮辱，可以直接拒絕啊？她不拒絕，那我就認爲她是心甘情願的。這有什麼不對？」

喬玉甄反問道：「你還這麼理直氣壯啊？你有什麼資格去評判別人的對錯？你就做得很好了嗎？」

傅華說：「我沒有說我做得多好，但起碼我沒出賣自己。」

喬玉甄反駁說：「哼，你沒出賣自己，你可真高尚啊！那是誰當著曲志霞的面一副討好的奴才相，背地裏卻對她指指點點的？你既然這麼高尚，爲什麼不當面跟她說啊？」

傅華被說的無法辯駁，惱羞成怒的說：「喬玉甄，你別太過分了，就算我做得再不對，我說的也是曲志霞，不是你，你有必要衝我發那麼大火嗎？」

喬玉甄說：「當然有，你那麼說曲志霞，讓我覺得你好像就是在說我一樣，也許在你心中，還不知道怎麼貶低我呢？」

「你這不是胡攪蠻纏嗎？我心中什麼時候蔑視過你了？」傅華頭痛地說。

喬玉甄冷冷地說：「傅華，你別不承認了，你心中是怎麼看我的，當我不知道嗎？你不要當我傻瓜，我又沒有什麼富爸爸，又這麼年輕，你會覺得我的財富是從哪裡來的啊?!」

傅華無語了，他確實懷疑過喬玉甄的財富來源不正。

喬玉甄看傅華不說話了，心寒地說：「傅華，原本我以爲你會和其他男人不同，會理解人有時候爲了生存，需要做一些不得已的事。但是你批評曲志霞的那些話讓我清楚的認識到，你其實跟別的男人沒有什麼不同。」

傅華老實招供說：「是，我承認我跟別的男人沒什麼不同，我們剛認識的時候，我就在猜測你的財富來源。香港可沒聽說過有什麼姓喬的大富豪，你的朋友又都位居高位，光你的背景就可以嚇壞很多人了，那你讓我怎麼想你啊？想你財技驚人，空手創業，歷盡辛苦才積累了現在的人脈和財富？這不是虛幻世界，這種美好的童話故事估計你自己也不相信吧？」

說到這裏，傅華看了一眼喬玉甄，又說：「好了，現在大家都揭下了面具，你也認清我這個人了，我想我們就沒有做朋友的必要了吧？」

喬玉甄怔了一下，說：「傅華，可能我反應有點過度了吧。說實話，能找到一個真心的朋友是不容易的，可是你那麼說曲志霞，真是讓我有點接受不了。」

傅華搖搖頭說：「我到現在都不覺得我說錯了什麼，我不恥曲志霞的原因很簡單，她是海川市的常務副市長，已經是個有身分、有地位、有家庭的女人了，完全可以選擇不去碰吳傾的。我承認我比她也沒好多少，我對她的做法很不滿，卻只敢在背後發牢騷，不能當她的面說出來，但這是職業上的無奈，她是我的上司，我如果當面指責她，今後我們還怎麼打交道啊？」

喬玉甄也許覺得自己過分了，就陪笑說：「對不起啊，傅華，我剛才是氣得一時口不擇言了，你大人不計小人過，就別跟我計較了。」

傅華冷笑說：「我計較什麼啊，反正我也沒有要繼續跟你做朋友的打算。至於你要購買海川大廈股份的事，如果你真有意願，我可以把通匯集團的聯繫方式給你；如果你只是想逗著我玩，我勸你省省吧，你是大老闆，可以把時間留著去賺大錢，用在我身上多浪費啊？」

喬玉甄忍不住說：「喂，傅華，你沒必要這麼不依不饒的吧？我都跟你道歉了，你是男子漢大丈夫啊，大度一點行嗎？」

傅華不為所動地說：「我就是這種人，大度不起來。你要不要通匯集團的聯繫方式？不要的話，我想你可以離開了。」

喬玉甄看傅華的態度，也有點惱火了，說：「行，傅華，你夠拽啊。那你把通匯集團的聯繫方式給我，我走就是了。」

傅華詫異地說：「你還真要買啊？這可要上億的資金，別鬧著玩了。」

喬玉甄冷冷地說：「誰跟你鬧著玩啊？傅華，你還沒那麼重要好不好？我真的要買不行嗎？」

傅華聽了說：「行，我馬上給你他們的聯繫方式。」

傅華就找出趙凱的名片，遞給喬玉甄，說：「這是他們的董事長，你自己跟他聯繫吧。」

喬玉甄接過名片，說了句再見，就揚長而去。

喬玉甄瀟灑地走了，反倒讓傅華怔了半天，他不明白喬玉甄這是在玩什麼把戲。她沒有理由真要買海川大廈的股份啊？也許她是被他搞得有點下不來台，才故意裝成是要來買海川大廈股份的。

傅華便沒把這件事當回事，甚至沒跟趙凱說一聲。反倒是趙凱打電話來，問起了這件事。

「傅華，有個姓喬的女人打電話來，說是你介紹的，想要買海川大廈的股份，你怎麼沒跟我說一聲啊？」趙凱質問說。

傅華解釋說：「是有這麼回事，不過，我以為她是在跟我鬧著玩的，所以沒跟您提這件事。」

趙凱說：「我看她跟我說話時表情很嚴肅，也很有誠意，不像是鬧著玩的樣子，還讓我定時間想見面細談。」

傅華想到這個女人將要成為海川大廈的股東之一，心中有一種說不清道不明的滋味。

他不希望喬玉甄真的入股海川大廈，這個女人背景太複雜，他不知道她會給海川大廈帶來的是什麼樣的未來。

但是這時候傅華不能阻止趙凱跟喬玉甄的接觸，是他把趙凱的聯繫方式給喬玉甄的，他沒有理由再反過來不讓趙凱去跟喬玉甄接觸。何況趙凱現在急需資金，喬玉甄如果真的買下海川大廈，對趙凱來說也算是解了燃眉之急。

傅華只好說：「爸，這是一家香港公司，實力是有，也很有背景，您不妨接觸一下看看。」

傅華特別點出喬玉甄很有背景，是在提醒趙凱，在跟喬玉甄接洽的時候，要多加小心一些。

趙凱笑了笑說：「行，傅華，我心中有數了。」就掛了電話。

傅華心中猶豫著是不是要打個電話問問喬玉甄，她買海川大廈究竟是出於什麼目的？因爲他知道喬玉甄並非什麼商業天才，她目前所做的一些事情、所積累的財富，都跟她身後的高官有著脫不開的聯繫。

對此，他感到有些惴惴不安，擔心這裏面有什麼臺面下的交易。喬玉甄和巴東煌這些人的下場會如何，傅華心中並不在意，他在意的是趙凱，他不希望趙凱受到什麼損失。

可是如果喬玉甄存心不告訴他實話，他問她也沒有用。猶豫半天，傅華還是放下了電話，決定靜觀其變再說。

# 第四章

# 竊國者侯

喬玉甄說：「傅華，我真是不知道該說你什麼好了。
你真是太可笑了，還什麼時機未到呢。我也有一句話要送給你，是大哲學家莊子說的，
叫做『竊國者侯，竊鉤者誅』，你應該知道我想要表達的是什麼意思吧？」

晚上臨近下班的時候，賈昊打來電話，讓傅華陪他吃飯。傅華正好沒什麼應酬，就答應了。

賈昊訂的地方是湖廣會館私家菜，那裏的酸湯魚很是不錯。而且湖廣會館有一個大戲樓，經常有京劇表演，倒是很適合賈昊這個劇迷。傅華就去了虎坊橋。

傅華到時，賈昊已經先到了。

傅華說：「師兄，你選在這裡吃飯，是不是準備一會兒去戲樓聽戲啊？」

賈昊笑了起來，說：「別瞎猜，我沒那個意思，我只是最近胃口不太好，想吃點酸湯魚開開胃罷了。」

這倒是讓傅華感到有點意外，原本他以爲賈昊來這裏會有興致去聽聽京劇的。

兩人便有一搭沒一搭的說話，酸湯魚就送了上來，看上去就讓人有食指大動的感覺。

兩人吃了一會兒，賈昊停下筷子，說：「誒，你不覺得今天的魚有點不新鮮嗎？」

傅華愣了一下說：「沒有啊，挺好的啊。」

賈昊說：「我怎麼覺得味道不一樣？」

傅華伸筷子夾了一塊魚肉，又用勺子喝了口湯，味道很正常啊，便看了看賈昊，說：「師兄，我覺得很好啊，是不是你今天的味覺有點問題啊？」

賈昊說：「你嘗著沒問題，那就是沒問題了。不知道怎麼了，我最近吃東西老覺得味道不對。」

傅華關心的說：「師兄，你是不是去醫院檢查一下啊，看是不是得了什麼病？」

賈昊不高興地說：「去去，別瞎說，我能得什麼病啊，就是最近比較煩躁罷了，可能是內火攻心，才吃什麼都不對味的，過幾天估計就沒事了。」

傅華看了看賈昊，賈昊的臉有點發黑，確實像是上火的樣子，就說：「你這樣子確實是上火了，多喝點綠茶消消火吧。」

賈昊嘆說：「沒用的，我最近天天喝龍井，也沒覺得火氣小點兒。」

傅華開玩笑說：「那就是缺老婆了，師兄，你的終身大事什麼時候解決啊？中醫說孤陰不生，獨陽不長，你一直單身，可是不符合陰陽之道啊。」

賈昊斥說：「去去，滾一邊去，我是心裏煩躁，與女人有什麼關係啊?!再說，我是那種沒有女人陪的男人嗎？我這麼煩，還不都是因爲于立那傢伙的案子。」

傅華訝異地說：「怎麼，那個案子還沒解決啊？」

賈昊沒好氣地說：「解決個屁啊。」

傅華納悶地說：「不會吧，于董在巴東煌身上可是下了大本錢的，按說怎麼也該有點效果吧？」

賈昊苦笑了一下，說：「小師弟啊，這個世界上有權力的人多了，我們可以找巴東煌，別人也可以找別的大咖啊，現在案子僵持在那兒，告申庭一直想壓著雙方調解。」

傅華問：「那于立沒再找找巴東煌說的那個告申庭的紀庭長嗎？」

賈昊嘆說：「找了，怎麼沒找，還約出來吃過飯呢，最後連玩帶送了十幾萬進去，那個紀庭長連句實在話都沒說。誒，小師弟，你沒接觸過法院系統你不知道，這裏面實在是太黑暗了。這個紀庭長開庭的時候，直勸兩邊把案子給調解了，也就是說兩邊都找了他，他得罪哪一邊都不好，有點擺不平，就只好逼著雙方調解了。」

傅華聽了說：「這不是找了關係跟沒找一樣嗎？」

賈昊說：「誰說不是呢？于立看這個情況，一直想讓巴東煌出面壓制紀庭長，哪知道巴東煌最近也不太好過，你聽說過他妻子發現了他有小三，要跳樓自殺的事情吧？」

傅華點點頭說：「聽說過一點，好像鬧得動靜還挺大，連警察都驚動了。」

賈昊說：「對啊，這就是于立弄巧成拙的地方了，那個女人本來是他想投巴東煌所好的，誰知道反而害了巴東煌。據說最高法院的院長知道這件事之後，把巴東煌教訓了好一頓，要巴東煌把妻子給安撫好，行爲檢點一點，否則對巴東煌會不客氣。搞得巴東煌最近不得不夾起尾巴來做人，也就不好去跟紀庭長施壓了。」

巴東煌不好出面，對于立來說可就更被動了，他這個案子是因爲巴東煌才到最高法院的，現在巴東煌無法出力，傅華可以想像案子的進展一定不會順利了。想不到這一切還真被喬玉甄給說中了。

傅華只好安慰賈昊說：「師兄，你也別太為這件事情上火了，估計等過了這個風頭，巴東煌緩過勁來，這個案子就能解決了。」

賈昊卻搖搖頭說：「小師弟，沒那麼容易啊，這事情一開始問題就很多，巴東煌其實並不很積極，是于立硬是花大錢收買了他，才把案子弄到北京來的。事情常常就是這樣，順的時候什麼都順，不順的話，你怎麼下氣力也是會不順的。可能我的運氣在證監會那幾年都用盡了，到銀行來，就是沒有那段時間那麼順暢。」

傅華笑說：「師兄，你這是心病吧？你在銀行肯定沒有在證監會那麼位高權重，有些失落感也是正常的啊。」

賈昊搖搖頭說：「你不懂的，小師弟，人一輩子走的就是時運，時運來的時候，你橫著走都沒事；時運退去的時候，你再小心翼翼，也難免會倒楣的。」

不知怎麼了，傅華從賈昊的話中感覺到一種不祥的味道，就勸道：「好了師兄，不要說什麼時運好啊壞的了，你現在是因為案子一時解決不了，影響情緒罷了，一旦這個案子解決了，馬上你就雲開霧散了。」

賈昊說：「小師弟，你別安慰我了，我現在是什麼處境我自己清楚，這案子如果拖得時間太長，我會倒什麼樣的楣就很難說了。」

賈昊情緒這麼低落，讓傅華也有些心驚，他不知道賈昊原來牽涉的這麼深，也不知道該怎麼去勸他，這頓飯吃得就有些沉悶。

過了一會兒，賈昊突然說：「小師弟，你最近跟那個喬玉甄還有往來嗎？」

傅華搖搖頭，說：「沒什麼來往，前段時間我和她鬧了點矛盾，幾乎就算是翻臉了。」

賈昊笑說：「不會是牽涉到男女感情方面的事吧？」

傅華搖搖頭。他不好說他跟喬玉甄是因爲曲志霞的事情鬧翻的，就說：「是因爲別的事情，她受不了我的一些做事方式。我因爲怕小莉不高興，跟別的女人接觸都很小心，不會再去牽涉男女感情的事了。怎麼了，師兄，你想找她辦事？」

賈昊點了點頭，說：「原本我覺得你們關係不錯，還想讓你幫我約她出來呢。我想了一下，我如果想從目前這個困境解脫出來，恐怕需要動用到她背後的某人才行。」

傅華爲難地說：「這個恐怕我幫不了你了，誒，當初她找你辦事，不就是通過某人的關係嗎？難道你就不能反過頭來找回去，讓那個人幫你的忙嗎？」

賈昊笑了起來，說：「你以爲我和那個人是對等的關係啊？那個人找我，是領導找下屬辦事，順理成章，理直氣壯；反過來說，你什麼時候見過下屬找上級辦事理直氣壯了？我是想看看能不能活動一下喬玉甄，讓她幫我在那人面前說幾句好話，出面幫我把這個問題給解決了。」

傅華質疑地說：「行嗎？法院都解決不了的事，某人出面就能解決了？」

賈昊笑笑說：「當然行了，你不知道現在是官大於法的時代嗎？事實上，東海省那邊之所以能夠有實力跟于立對抗，還不是因爲背後有一個孟副省長在撐著嗎？如果某人可以出面給孟副省長打個電話，事情可能馬上就迎刃而解了。」

傅華呆了一下，賈昊的說法雖然有點誇張，但是以傅華對那個人的權威的瞭解，只要他跟孟副省長打招呼，事情可能真的會像賈昊說的那樣。

傅華不忍心看著賈昊倒楣而不理，便說：「師兄，你也可以自己找喬玉甄啊。你幫過她的忙，她應該不會坐視不理的吧？」

賈昊說：「我幫忙，那是因爲某人的面子，現在的人這麼實際，喬玉甄不一定會領我的情的。」

傅華勸說：「你試試也好嘛，其實喬玉甄這個人爲人做事還挺仗義的，也許她會出手幫你呢！」

賈昊想了想說：「行，我試試，回頭我就去拜訪一下喬玉甄，問問她能不能幫我這個忙。」

傅華說：「我想喬玉甄應該不會拒絕你的。不過她有沒有說服某人的能力，就不好說了。」

賈昊苦笑說：「如果喬玉甄幫我出面還是不行的話，那真是我命該如此了。」

因爲賈昊的關係，這段飯，傅華吃得並不愉快。賈昊其實已經病入膏肓了，現在他能做的，只是給他下一劑猛藥，儘量不讓他出事罷了，真正想要除掉病根已經是不可能的了。

轉天，賈昊給傅華打電話來，高興地說：「小師弟，你說的真對，喬玉甄這女人還真仗義，我打電話跟她說了于立的事後，她立即就答應幫我跟某人說說看。謝謝你了。」

傅華笑了笑說：「師兄，跟我就不用這麼客氣了，希望你的事情能夠順利解決。」

賈昊這邊有了著落，某人會不會出面，就要看他的運氣了，傅華對此也算是盡了一份心力。這時，傅華更關心的是喬玉甄跟趙凱的交易進展的如何，也不知道雙方開始談判了沒有。

趙凱自從那天打電話來問了一下情況之後，就再也沒跟傅華講過隻言片語，而喬玉甄本來就跟他翻了臉，自然更沒有什麼訊息會傳遞過來，傅華反而成了悶葫蘆，什麼情況都不知道。

有時想想也挺好笑的，傅華怎麼也沒想到有一天喬玉甄可能會成爲海川大廈的股東之一，因爲他實在不明白喬玉甄要入股海川大廈是要幹什麼。她公司的業務其實並不很廣泛，也不需要投資什麼酒店來做接待之用。

那喬玉甄剩下來唯一投資海川大廈的目的，就是每年的收益分紅了，但這一部分的收入實際上很菲薄。

海川大廈對外營業的收益，扣掉需要交給順達酒店的管理費用之外，利潤再由三家股東分割，剩餘的就沒多少了，這跟喬玉甄在其他方面獲取的利益根本無法相比。除非喬玉甄對海川大廈還有別的什麼企圖，要不然她是不會買的。

正當傅華百思不得其解的時候，趙凱打電話來，幫他揭開了這個謎團。

趙凱開口就問：「傅華，你是怎麼認識喬玉甄這個女人的啊？」

傅華心裏有不好的預感，趕忙問道：「怎麼了爸爸，喬玉甄做了什麼？她讓你受到什麼損失了嗎？」

趙凱笑笑說：「她倒是沒讓我受什麼損失，相反，她開出了一個令人驚喜的好價錢，好到都讓我無法相信的程度。」

趙凱的話完全出乎傅華的意料之外，按照他的想法，在商言商，喬玉甄應該會利用通匯集團目前的困境，儘量壓低價錢才對，又怎麼會給趙凱一個不敢相信的好價錢呢？話說趙凱也是見多識廣的商人了，這要多少錢才能讓他感到不敢相信？

傅華好奇地問：「爸爸，喬玉甄到底開了什麼價碼啊，會讓您都覺得不敢相信？」

趙凱笑說：「九億！她開了九億的報價，你能相信嗎？」

「什麼，九億，她瘋了吧？」傅華驚叫道。

照傅華的估算，海川大廈整體市值頂多也就是三到五億之間，通滙集團持股的比例大約價值一億左右，喬玉甄能開到兩億的價碼就算是頂天的高價了。九億是傅華預估價格的五倍，難怪趙凱也感到不敢置信。

趙凱說：「她沒瘋，我跟她再三確認過，這的確是她的報價。」

傅華沉吟了一會兒，他覺得喬玉甄開這麼高價一定有問題，這可是需要問清楚的，傅華就說：「爸爸，您現在是怎麼想的？準備接受還是不接受呢？」

趙凱說：「我現在是人窮志短啊，就算是以前風光的時候，九億對通滙集團來說也不是個小數目，尤其是在公司面臨這麼大困難的時候，我當然會心動。傅華，你覺得我是該接受這個報價呢，還是不要接受？」

不得不說，九億的確是很誘人的數目，但是誘惑的背後會不會也有著巨大的陷阱呢？

傅華思考了一下，說：「爸爸，接受或者不接受，我不好幫您下這個判斷。但是這九億的財富絕對不會憑空掉下來的，您要小心背後是不是有什麼陰謀。」

趙凱笑了起來，說：「看來你還沒被這筆巨款給蒙住眼睛，是啊，我做生意這麼多年，還從來沒見過天上掉餡餅的事呢，還是九億這麼大的一個餡餅，不用說這裏面也是有問題的。所以思慮再三，我還是決定拒絕喬玉甄。」

傅華佩服地說：「還是爸爸您經驗老道啊。」

趙凱嘆說：「經驗是老道了，但是幾億的資金卻沒有了，我現在還沒正式拒絕喬玉甄，就開始有點心疼啦。誒，傅華，你還沒告訴我到底是怎麼認識這個女人的？她的氣勢很強啊，說出九億的價碼來，眼睛連眨都沒眨。就連我這個通匯集團的董事長都沒這個氣魄。說實話，我很受打擊，那個女人這麼年輕就敢動用九億的資金來收購資產，我都懷疑我是不是老了，要被這個時代淘汰了。」

傅華解釋說：「我是在一個香港朋友的酒宴上認識她的，她是很有來頭的一個女人，不過我估計，就算是她實力雄厚，她也無法拿九億資金不當回事的，所以爸爸您也不要覺得氣魄不如她，她的東創實業籍籍無名，根本就比不上您的通匯集團。」

趙凱聽出傅華話中的玄機，說：「你是說這九億資金根本就不是她的？」

傅華說：「應該是這樣的，甚至我猜想要收購海川大廈股份的，根本就不是喬玉甄或是東創實業，因爲我實在想不出她要這麼做的理由。除非她只是一個掮客。」

「掮客？」趙凱思索了一下，叫說：「對啊，如果她只是一個掮客就能解釋得通了，沒有一個商人會把自己的錢白白送給別人的，除非送的是別人的錢，自己還能從中撈到好處。我如果答應她的報價，後面可能就是她要跟我談付多少傭金了。」

傅華笑說：「如果真是這個樣的話，您倒是可以試著跟她談一談，傭金這種費用支出倒是不違法的。」

趙凱想了想說：「還是算了吧，現在這種市場形勢，不用想也知道真正出錢的，一定是某個大型國企，喬玉甄一定是想從中謀取巨額的傭金，這是侵奪國家資產，形式雖然不違法，但是實質上還是違法了。我趙某人還不想爲了一點點錢而壞了我一輩子的做人原則，還是拒絕她吧。」

傅華擔心地說：「那爸爸，通匯集團恐怕一時半會兒無法將海川大廈的股份出手了。」

趙凱嘆說：「不能出手就不能出手吧，通匯集團暫時還能捱上一段時間的，好了，你不要勸我了，我決定了的事是不會改變的。」

傅華以爲這件事算是告一個段落了，但是事情似乎並沒有像他想的那樣容易。

過了兩天，傅華正在辦公室看市裏發下的關於要在全市推廣花卉苗木種植，扶持農民增收致富的公文，心想這是孫守義開始要在海川推行他的執政方針了。

這時，辦公室的門沒敲就被推開了，傅華愣了一下，心說是誰啊，這麼沒禮貌，抬起頭來，就看到喬玉甄柳眉倒豎、怒目圓睜的站在眼前。

傅華詫異地說：「你怎麼來了？」

喬玉甄怒氣沖沖的嚷道：「傅華，你裝什麼孫子啊，你不知道我爲什麼來的嗎？」

傅華看了眼喬玉甄，說：「喬玉甄，你說話客氣點，我裝什麼裝了？」

喬玉甄氣說：「我客氣？我客氣什麼！你就算是對我有意見也不能這樣子啊。」

傅華一頭霧水地說：「別沒頭沒腦的，說清楚我究竟怎麼了？」

喬玉甄氣呼呼地說：「你還給我裝，通匯集團那筆生意不是你給我搞砸了的嗎？傅華，這可是生意場上的大忌，你知道你這下子害我損失了多少錢嗎？好幾億啊，這要是在香港，你都可能被人給拉去填海的。」

傅華冷冷的看著喬玉甄說：「你這是在威脅我嗎？」

喬玉甄不滿地說：「我是氣你毀了我一筆大生意。傅華，我們不就鬧了點小彆扭嗎，你有必要這麼毀了我嗎？」

傅華耐著性子說：「喬玉甄，你說清楚，我怎麼毀了你的生意的？」

喬玉甄斥說：「難道不是嗎？本來那天我跟趙董說得好好的，我也報了價，結果今天他卻跟我說他不打算跟我做這筆交易了。」

傅華反問：「那你就肯定是我在搗鬼嗎？爲什麼你不認爲是通匯集團拒絕了你呢？」

喬玉甄冷笑一聲說：「傅華，你騙誰啊，我報的價碼那麼高，通匯集團能拒絕我？也就是你這種有思想潔癖的人才會拒絕送上門來的錢的。」

傅華搖搖頭，說：「喬玉甄，你搞錯了，趙董是一個有堅持的商人，要拒絕你的是他，不是我。實話說，我還勸過他，說你只是從中賺取傭金的，讓他接受這筆交易呢。」

喬玉甄愣了一下，說：「難道是我錯怪你了？」

傅華說：「喬玉甄，雖然你對我沒有好感，但我這個人還沒有壞到要破壞你生意的地步吧？如果我要破壞你，根本就不會給你通匯集團的聯繫方式了。你生意做不成，是因爲你太小看趙董了，你太貪心，價碼開的太高，反而讓他對你生疑，猜到你想從中搞鬼，所以才拒絕你的。」

喬玉甄哼了聲說：「什麼搞鬼啊，我幫他聯絡買主，然後賺一筆傭金，這多正常的一筆生意啊。」

傅華笑了起來，說：「喬玉甄，你是不是以爲這世界除了你，其他人都是傻瓜啊？海川大廈整體市價也不到九億，你開這麼高的價碼出來，誰看不出問題來？」

喬玉甄反駁說：「傅華，你管它高不高啊，一個願買一個願賣，生意就成交了，別的誰管得著啊？」

傅華說：「會做這種冤大頭的，除了國企沒有別人吧？難道你就不怕被查？」

喬玉甄理直氣壯地說：「我怕什麼啊，這是正當交易，我正當的收取傭金，就算查到了我，我也有話說啊，更何況通匯集團還隔了一層呢，更沒問題了。傅華，你就當幫我的忙，幫我做做趙董的工作，讓他簽下買賣協議，大家都能賺到錢，也就各得其所了。要不然也給你算上一份，讓你也跟著分一點。」

傅華不禁說道：「喬玉甄，我們也算是認識不短的時間了，你該知道我是什麼樣的人吧。」

喬玉甄嘆了口氣，說：「我知道，你就是那種自命清高，本事不大，脾氣卻不小的那種人。」

傅華呵呵笑了起來，說：「那你就不該再讓我來勸趙董的，再說，我也勸不動他，他認定的事向來是不會改變的。」

喬玉甄兩手一攤，無奈地說：「我怎麼遇到了你們這對活寶了呢？你想想，這可是幾億的收入啊，簽個字蓋個章就到手的，你們就一點都不動心？」

傅華說：「我們又不是聖人，怎麼會不動心？趙董說決定要拒絕你的時候，也是很心疼的。只是他更知道這種憑空來的錢，其實藏著巨大的風險，如果貪心拿了的話，恐怕將來的損失更大。」

喬玉甄聽了，不禁說道：「趙董還真是跟你一個路數的，難怪會把女兒嫁給你。」

傅華笑笑說：「好了，你不用再在海川大廈身上打主意了，找找看還有沒有別的公司要出售大廈的吧。」

喬玉甄苦笑了一下，說：「也只好這樣了，不過哪還有這種現成的機會啊？套句趙董的話，這筆生意做不成，我真是有點心疼，損失真是太大了。」

傅華忍不住問喬玉甄：「我很好奇，你原來準備從這筆生意中賺多少錢的？」

喬玉甄看了傅華一眼，說：「你猜猜。」

傅華豎起了一個手指，大著膽子說：「一億？」

喬玉甄笑著搖了搖頭，說：「再猜。」

傅華豎起了兩個手指：「難道是兩億？」

喬玉甄說：「兩億也不止，我評估過，給通滙集團三億的對價就可以讓他們滿意了，頂多加到四億。剩下的部分，稅務方面處理一下，再分給相關的領導一部分好處，我最少能從中拿到三到四億。換了是你，這麼大筆的錢就在手邊卻賺不到，你心疼不？」

傅華笑著點點頭說：「這麼大一筆錢，換了是我，也會心疼的。不過你也賺得太狠了吧？空手一轉，幾億的財富就到手了。」

喬玉甄笑了起來，說：「我這賺的還算狠啊？你沒見過真狠的。我跟你說，前段時間我幫忙召集了一個飯局，其中一方是我香港一個很有財力的商人朋友，另外一方是北京的一個朋友，他倒沒什麼正式的職業，不過我這朋友身分十分特殊，他是某某人的弟弟。」

傅華咋舌說：「你又來了，我最受不了你的就是這個，隨便提到一個某某人，都能嚇得我的心砰砰直跳。」

喬玉甄笑說：「我又沒說要介紹某某人給你認識，我只是講這件事情給你聽罷了。你知道那個飯局是爲了什麼嗎？我那個香港朋友想要聘請北京的這位朋友，給他們公司做顧問，只要掛名就好，每年就可以拿到百分之十的分成，話說我那商人朋友的公司每年都是百億以上收入的。」

傅華聽了，不禁說：「這麼說你還真是賺的不多啊。」

喬玉甄嘆說：「沒辦法，誰叫我沒個大人物的親戚呢。」

傅華有些擔心地說：「不過，你老是這麼玩，不會有什麼危險吧？你玩的這麼大，給我的感覺其實跟巴東煌那種作風是差不多的，你就不怕有關部門注意上你？」

喬玉甄歪著頭看了看傅華，說：「你是在替我擔心嗎？你不生我的氣了？」

傅華的臉板了起來，說：「不是，我是就事論事罷了。」

喬玉甄笑笑說：「好啦，我就當你是就事論事了。我的做法跟巴東煌本質可是有很大不同的。」

傅華說：「這有什麼本質上的不同啊？不都是借用權勢在爲自己謀取私利嗎？」

喬玉甄說：「是啊，我和巴東煌都是在借用權勢爲自己謀取私利，但是巴東煌手中的那點權力算是什麼權力啊？他連你師兄賈昊的那點小事都辦不妥，他手中的那點權力是無根之木，說被拔掉就會被人拔掉的。而我身後的這些人根基深厚，誰敢惹啊？就算是有關部門注意到了，也只能睜一隻眼閉一隻眼，當作沒看到的。」

傅華有點不服氣地說：「不可能吧，就算是根基再深厚，也不可能淩駕在法律之上的。我勸你還是謹慎一些，別到時候真的出問題，再想後悔就晚了。」

喬玉甄不以爲意地說：「傅華，你不懂，在我接觸的那些圈子裏，什麼規則，法律，都算不上什麼的，他們做任何事根本就不受約束的。」

傅華卻不認同地說：「你也不要把他們看得太那個了，他們之所以還那麼囂張，那是他們還沒進入相關部門的注意範圍中，真的被注意上，恐怕他們也是逃不了懲罰的。」

喬玉甄呵呵笑了起來，說：「傅華啊，你真是太幼稚了，你是不是以爲下面的一些官員在胡作非爲，那些高層領導都是被蒙蔽的？你這種想法就像《水滸傳》中好漢們唱的『酷吏贓官都殺盡，忠心報答趙官家。』，但你想沒想過，如果不是趙官家的縱容，又怎麼會有哪些酷吏贓官呢？」

傅華有點不服氣的說：「事實絕不是這樣子的，這些年也有很多高層領導因爲貪污被處分的。」

喬玉甄大笑了起來，說：「傅華，你那麼聰明，怎麼就想不通這個問題的關鍵呢？是呀，這些年是有一些高層的領導被處分，甚至還有省部級的領導被處死的，但那是因爲什麼呢？因爲他們就跟巴東煌一樣，手中的權力是無根之木，出問題之後，自然很輕易的就被拔除了，也正好可以給民眾作爲交代。」

傅華仍堅持說：「不是的，絕對不是你說的那樣子的，你不要因爲他們現在好像很風光，就覺得他們能夠逃過懲罰，不需要爲自己違法的行爲買單了。有句話怎麼說來著，不是不報，時候未到；時機一到，統統報銷。」

喬玉甄說：「傅華，我真是不知道該說你什麼好了。你真是太可笑了，還什麼時機未到呢。我也有一句話要送給你，是大哲學家莊子說的，叫做『竊國者侯，竊鉤者誅』，你應該知道我想要表達的是什麼意思吧？」

傅華嗤了聲說：「你不就是想告訴我：真正的大盜還在風風光光的享福，而受懲罰的不過是一些鼠竊狗盜罷了。」

喬玉甄說：「你明白我的意思就好。反正我看到的現象就是這個樣子的，事實如此。好了，我不跟你鬥嘴了，中午請我吃飯吧，我有點嘴饞你們的清蒸魚了。」

傅華失笑說：「喂，你搞清楚好不好，你是來興師問罪的，爲什麼還要我請你吃飯啊？」

喬玉甄回嘴說：「傅華，我可是損失了好幾億的大生意耶，你就不能請我吃飯安慰我一下？再說，我們是不是也該休戰了？」

傅華反駁說：「我可沒向你開戰，挑起事端的是你，不是我。」

喬玉甄放低姿態說：「曲志霞那件事我也算是跟你道過歉了，你就不要這麼不依不饒了吧？」

傅華說：「我沒感受到你道歉的誠意。」

喬玉甄不禁說道：「傅華，我沒想到一個大男人跟女人計較起來會這麼小心眼。好，你要我展現誠意是吧，那傅華先生，小女子現在誠心誠意的向你道歉，我承認你對曲志霞的那些看法都是正確的了，對不起，請你原諒我好嗎？」

傅華看了喬玉甄一眼，說：「你真的肯接受我對曲志霞的看法了？」

喬玉甄點點頭說：「是的，我好好想了想，你說的確實有道理，曲志霞早已是有家庭有地位的女人，是可以不去沾惹吳傾的，偏偏她還認準吳傾了。你知道嗎，她前天打電話給我，說她考慮再三，決定還是要跟著吳傾讀博，我想讓她考慮再三的，一定是要不要接受吳傾的潛規則，現在她依然決定接受，我也只能承認她確實很無恥了。」

喬玉甄都低頭認錯了，傅華就也讓步地說：「其實事後我想想，我也不應該那麼說曲志霞的，每個人都有自己的選擇，曲志霞要怎麼做是她的自由，我不應該在背後說她是非的。」

喬玉甄說：「這麼說，你肯請我吃清蒸魚了？」

傅華笑笑說：「好吧，我請你吃就是了。」

兩人就去了海川風味餐廳，點了幾個菜，開了瓶白葡萄酒。

吃了一會兒之後，喬玉甄忍不住看了看傅華，說：「傅華，你這個人是不是從來不會在女人面前服軟啊？」

傅華笑了起來，說：「也不是，我錯了的時候自然會認錯的。」

喬玉甄反譏說：「你還會有錯的時候嗎？」

傅華說：「有啊，我剛才不是跟你認錯了嗎？」

喬玉甄笑說：「那是我先認錯的好不好？在那之前，你沒看到你那個態度，要多蠻橫就有多蠻橫。」

傅華委屈地說：「是我先被你罵得狗血淋頭的好不好？」

喬玉甄卻說：「老實說傅華，我其實挺享受這幾天跟你的衝突的。」

傅華愣了一下，困惑地說：「你什麼意思啊？你是不是有虐待別人的癖好啊？」

喬玉甄說：「你不要用那種眼神來看我，我心理還沒變態。」

傅華說：「那你享受的是什麼？我不懂。」

喬玉甄甜甜地說：「這讓我有一種回到以前跟那個人談戀愛時的感覺，兩人爲了賭氣要小脾氣的過往記憶，回想起來還真是很甜蜜。」

看喬玉甄臉上帶著一種很純真的笑容，傅華也不禁說：「是啊，那時候的戀愛既青澀又甜蜜，確實很美好。」

喬玉甄好奇地說：「你也有這樣的經歷？」

傅華笑了起來，說：「我又不是從小孩子一下子跳到現在這個年紀的，青少年時期當然也談過戀愛的。」

喬玉甄催促說：「那你快說你年輕時的戀愛是什麼樣子的，我很好奇啊。」

傅華很不願意提及跟郭靜的那段往事，便說：「往事不堪回首，也沒什麼好說的，再提起來徒惹煩惱罷了。」

喬玉甄聽了說：「看來我們是遇到相同的結局了。誒傅華，有時候我們真是心意相通，很有默契啊。」

傅華笑說：「有嗎？我怎麼一點都不覺得啊？如果真是這樣，你怎麼還會把我罵得狗血淋頭的啊？」

喬玉甄說：「那不同，女人本來有時就會不講理的。你不覺得我更像是一個任性的情人在對你發脾氣嗎？這也是我爲什麼會覺得很享受的原因吧。」

傅華趕忙說：「別開這種玩笑了，你這可有點逾越朋友的界限了。」

喬玉甄卻盯著傅華說：「怎麼，你害怕了？你是不敢面對我，還是擔心被你老婆知道啊？你可千萬不要告訴我你是正人君子，除了老婆之外，不碰別的女人的。」

傅華看了喬玉甄一眼，狐疑地說：「你這麼說什麼意思啊？似乎你知道了什麼一樣。」

喬玉甄笑笑說：「你別忘了，我跟曉菲可是朋友。據我所知，你跟老婆鬧彆扭的時候，身邊好像有一個叫什麼謝紫閔的女人陪伴吧？」

「你調查過我？」傅華愣了一下道。

喬玉甄趕忙擺了擺手說：「誒，你可別惱火啊，我沒有調查過你，是曉菲跟我聊天時說了一些你的事。傅華，你要知道，女人總是會對她感興趣的男人多留意一些的。」

傅華說：「既然你知道我的情形，那你就更應該知道我是不願意腳踏兩隻船的。我這個人喜歡簡單，不愛把自己的生活搞得那麼複雜。」

喬玉甄試探地問：「就不能為我破例一次？」

傅華有點禁受不住喬玉甄的挑逗，趕忙轉移話題說：「誒，我師兄賈昊的事辦得怎麼樣了？」

喬玉甄說：「你師兄的事，我朋友已經在幫他找人跟東海省方面打招呼了，問題應該不大的……」

喬玉甄也知道傅華的個性，怕再開玩笑下去他會著惱，也就不再逗他。這頓飯吃完，兩人就算是大和解了。

海川，週六的晚上。

西苑社區一個樓房裏，窗戶的窗簾都拉上了，從外面完全看不到屋內的情況，孫守義這才放心的去沙發上坐了下來。

劉麗華過來偎依在他的懷裏，嬌笑著說：「守義，你說這算不算是你和我的家啊？」

孫守義笑笑說：「算，怎麼不算！要不是爲了能像在家一樣跟你在一起，我就不會讓你買這棟房子了。」

這棟房子就是孫守義從傅華那裏借錢給劉麗華買的，位於海川市區的西部邊緣，位置相對來說有些偏僻。買下來之後，劉麗華簡單地佈置了一下就搬了過來。

劉麗華高興地說：「守義，能在週末跟你單獨的在一起，好好地享受兩人世界，一直是我的夢想，今天你一定要陪我睡到天亮才行。」

孫守義和劉麗華在一起之後，還從來沒享受過這樣悠閒放鬆的時候，於是孫守義說：「好啊，明天我沒什麼事，在這裏陪你一天都可以。」

劉麗華驚喜地說：「真的？」

孫守義點點頭說：「當然是真的了，我騙你幹嘛。」

劉麗華興奮地說：「那太好了，說定啦，明天一天你都要待在這裏，不准離開。」

孫守義順從地說：「遵命。」

劉麗華說：「你這麼乖，我要好好犒勞你一下。」

「怎麼犒勞我啊？」孫守義有趣地說。

劉麗華說：「你老老實實地坐好，獎品馬上就來了。」

孫守義就靠在沙發上坐好，劉麗華站了起來，打開了音響，音樂響了起來，劉麗華就圍著孫守義扭動著身軀，開始跳起性感的舞蹈來。

劉麗華邊跳邊脫掉身上的衣服，美麗的胴體慢慢呈現在孫守義的面前，充滿著強烈的誘惑，孫守義的身體開始完全不受大腦的控制，眼睛被劉麗華美好的身軀所包圍，他的手貪婪的在她的身體上遊走，感受著劉麗華越來越炙熱的體溫。兩人很快就親密無間的貼在了一起。

過了許久，孫守義的瘋狂躁動才停下來，劉麗華嬌喘著，身子還在他的懷裏顫動著，孫守義不禁又是迷醉又是羞愧。

孫守義明知他跟劉麗華在一起是不對的，卻始終抵擋不了她的迷惑；就像吸毒一樣，理智越是說不可以，生理上的需求卻越是無法抗拒。

第二天，當孫守義睜開眼睛的時候，劉麗華已經不在床上了。他走出臥室，就聞到早餐的香味。

劉麗華看他醒了，就過來拖他去餐桌坐下，然後將豐盛的早餐擺在他的面前，說：

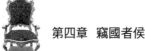

「怎麼樣，我夠賢慧了吧？」

孫守義捏了一下劉麗華的鼻子，笑笑說：「你真是夠賢慧了。快坐到我身邊，我們一起吃。」

劉麗華就坐在孫守義旁邊，笑著說：「守義，謝謝你給了我這棟房子，這跟我想像中的一模一樣，我簡直太幸福了。」

這句話讓孫守義一陣默然，劉麗華想要的無非就是普通夫妻最正常的生活，但他偏偏沒法給劉麗華這樣的生活。

劉麗華沉浸在幸福的氛圍裏，沒有注意孫守義的反應，繼續嘰嘰喳喳的說著瑣事，孫守義有一搭沒一搭的應著。說著說著，話題就扯到何飛軍的身上。

劉麗華憎惡的說：「守義，你是不是想辦法整治一下何飛軍現在的老婆顧明麗啊？她居然去金達那兒胡說什麼我跟金達有一腿的，我一個好姐妹把這件事告訴我，氣得我肺差一點炸了。」

孫守義不想多事，就說：「算了，你跟那個瘋女人計較什麼啊。」

劉麗華說：「不行，這不是毀壞我的名譽嗎？我哪能就這麼算了啊？」

孫守義說：「那你想怎麼辦？我肯定是不能出面幫你做什麼的。」

劉麗華氣憤地說：「起碼我要找她理論一番。」

「千萬別，」孫守義趕忙阻止她，劉麗華不是一個強勢的女人，要理論，她根本就不是顧明麗的對手，所以趕忙說：「你千萬不要去跟她理論什麼，就當被瘋狗咬了一口好了。被瘋狗咬了，你總不會再想咬回來吧？」

劉麗華不解地說：「爲什麼我就不能去找顧明麗理論啊？」

孫守義說：「你不要去惹顧明麗，這個女人心機很深沉，你根本就不是她的對手，小心惹禍上身。」

劉麗華看著孫守義說：「你是說她可能查到我們的關係？」

孫守義點點頭，說：「你別忘了，她可是省報的記者。」

劉麗華想了想說：「這倒也是，算了，惹不起還躲得起，我不去招惹她就是了。」

孫守義說：「最好是這樣，說實話，我對這個女人也很頭疼。」

# 第五章

# 政壇地震

何書記對這件事很重視，說：「老沈，這事牽涉到了馬艮山的買官問題，很可能有市級領導牽涉其中，我得跟省委彙報，請示呂紀書記才行。」調查小組立即來調查此事，海川市的一場政壇地震也就此拉開了序幕。

孫守義確實是有拿顧明麗這個女人沒辦法的感覺，這個女人有心機，臉皮又厚，讓孫守義很難對付。

那天何飛軍在孫守義那裏又哭又跪的，弄得孫守義只好壓下心中的不滿，對何飛軍的態度軟化了下來。沒想到這對夫妻竟抓住他這種不得不忍讓的心理，吃定了孫守義，居然還一起上門來，要求孫守義幫他們夫妻解決兩地分居的問題。

何飛軍和顧明麗會分隔兩地的原因在金達，因爲金達要求省報的喬社長將顧明麗調離海川。喬社長自然不得不考慮金達的要求，跟社裏其他領導研究了一下，決定將顧明麗調離海川。即使後來兩人修成正果結婚了，顧明麗調離海川的決定卻沒改變，於是他們去了孫守義的住處，想要孫守義幫他們說服金達，跟喬社長再打個招呼，撤銷顧明麗調離海川的決定。

孫守義看到何飛軍帶著顧明麗找上門來，臉立時沉了下來。也發現這個女人心機很深，勝利的達到了跟何飛軍結婚的目的，成了副市長夫人。孫守義不得不佩服這女人手法的高明，也對這個女人產生了警惕。

孫守義推辭說：「顧大記者，這件事你跟我說不對吧？將你調職是金達書記跟省報社商量好的決定，你要改變這個決定，應該直接去找金達書記商量，找我根本就沒用的。」

顧明麗低聲說：「市長，您也知道我剛剛才跟金書記鬧了一場，我去找他，他一定不會答應的。」

孫守義笑說：「那我也沒辦法啊，金書記是領導，我也不能強迫他。」

顧明麗陪笑說：「可是您是市長，在金書記那邊還是能說得上話的，我們家老何一向說您是最愛護他的領導，我想您一定不願意老何和我剛結婚就兩地分居吧？所以拜託您了，市長。」

何飛軍也在一旁幫腔說：「是啊，市長，您看我和明麗剛結婚就要分開生活，多不好啊？您就幫我們跟金達書記說說情吧。」

孫守義不想做這個說客，尤其是幫顧明麗這種有心機的女人，就說：「老何，這事是在你們結婚前就已經決定下來的，你要我跟金達書記怎麼說啊？不好意思，這個情我無法幫你說，你想讓金書記改變主意，自己跟他講去吧。」

顧明麗央求說：「市長，您就幫我們一下吧，您知道，夫妻不一起生活，很容易出問題的。我可不想剛結婚就鬧出一些有的沒的事。」

孫守義聽了顧明麗的話，暗自好笑，原本顧明麗是何飛軍婚姻中的小三，現在她成功的成爲正室，攻防馬上就易位了，她反而要開始提防小三取她而代之了。

何飛軍眉頭皺了起來，責備顧明麗說：「明麗，在市長面前你胡說什麼啊？什麼有的沒的。」

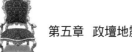

顧明麗駁斥說：「難道我說的不對嗎？我如果調離海川，不在你身邊看著你，那麼多狂蜂浪蝶圍著你，你能老實？」

何飛軍急了，訓斥道：「明麗，你越說越不像話了，我是那種人嗎？」

顧明麗撲哧一聲笑了出來，說：「老何，你讓市長說說你究竟是不是那種人啊！」

何飛軍臉頓時脹紅了，他如果不是那種人，又怎麼會跟老婆離婚娶顧明麗呢？

顧明麗懇切地望著孫守義，說：「市長，這次您真是要幫我這個忙啊，我可不想沒幾天就被人給取代了，我必須要留在海川看著老何才行。」

孫守義冷眼看著顧明麗，這女人臉皮也真是夠厚了，說得好像她和何飛軍在一起是件正義的事一樣。她現在所擔心的，不正是她對何飛軍原配妻子所做的事嗎？

顧明麗接著說道：「市長，您應該也不想再讓老何鬧出什麼亂七八糟的醜聞來吧？」

孫守義一下被顧明麗說中了要害，現在網路上很多帖子都對何飛軍這種爲了保住官位，跟妻子離婚娶情人的行爲大加撻伐，紛紛批評海川市委是在縱容官員養小三，質問海川市委：是不是將小三轉正了，官員就可以把自己給洗白了？那以後官員養小三再被發現，是不是也可以照此辦理啊？這時候如果何飛軍再鬧出什麼花花事來，海川市委的臉真是無處可擱了。

孫守義無奈，只好說：「我的顧大記者，我真是服了你了。好，我跟金書記幫你們說說看吧。」

顧明麗和何飛軍臉上立時有了喜色，顧明麗趕忙說：「那真是太感謝市長了。」

轉天，在金達辦公室，孫守義就向金達提起這件事。

「金書記啊，要不然就算了吧，這倆傢伙既然已經結婚了，兩地分居的確是不好，您看是不是跟喬社長打聲招呼，讓顧明麗留下？」

金達質疑說：「那豈不是太便宜顧明麗和何飛軍了？」

孫守義說：「要不然怎麼辦啊，這已經是既成事實了。讓他們分居兩地，一方面何飛軍會分心，不能專注工作；另一方面我也擔心，顧明麗不在何飛軍身邊看著，何飛軍再搞出一些亂七八糟的事情來。」

金達想了想說：「老孫，你的考慮也不無道理，這對夫妻真是讓人頭疼啊。好吧，回頭我給喬社長去個電話，讓他把顧明麗留下來吧。」

孫守義也莫可奈何地說：「唉，希望這兩人這下子能安分些。誒，金書記啊，您那天是怎麼跟曲志霞談的啊，怎麼搞得現在曲志霞看到我都氣哼哼的，一副我欠她幾百萬的樣子。」

金達搖頭說：「這曲志霞也是個不省心的，那天我提醒她離項目遠一點，結果她不但不接受我善意的提醒，還說她沒插手項目，最後跟我是不歡而散。別說對你氣哼哼的了，這兩天她看到我，臉色也是陰著的。」

孫守義笑了起來，說：「原來如此。」

金達又說：「你知道束濤那邊搞得怎麼樣啦？別我們爲他費了半天勁，他自己卻不行。」

孫守義說：「這次他吸取了上次舊城改造項目的教訓，很下了些力氣準備競標資料，沒什麼意外的話，應該能夠得標的。至於齊州那家鑫通集團，束濤跟我說找了孟副省長，孟副省長安排人遞話給鑫通集團的都承安，都承安已經承諾會放棄爭取這個項目了。」

金達聽了說：「那就等於是堵死了曲志霞上下其手的可能了，她看我們氣哼哼的，八成也是有這個原因吧？」

孫守義點點頭說：「很可能啊，這項目插手不成，曲志霞應該損失不小，自然是不會高興了。」

金達不禁搖頭說：「我這個老同事啊，我真沒想到她現在成了錢奴了，以前她不是這個樣子的，雖然那時候我也看不慣她，不過那時候她一門心思只想如何往上升，還沒有跟錢沾上邊。」

孫守義猜測說：「那個都承安是財政廳時期認識曲志霞的，想來在那時候，兩人就有這種利益的交換了。」

金達不禁看了孫守義一眼，說：「老孫，這次束濤對你沒做什麼吧？」

孫守義笑笑說：「他倒想，不過我沒接。」

金達提醒說：「老孫，我們倆可要守住底線啊，我們的目標可不是那麼一點點錢。」

孫守義和金達很有默契地相視一笑，也不免感慨：原本兩人都視對方爲對手，但是事態的發展完全出乎他們的意料之外，先是「紅豔后」酒吧大火，然後是于捷搗亂孫守義市長選舉，這兩件事把他們的命運緊緊地聯繫在一起，兩人都知道只有聯手才能闖過難關；更只有聯手，才能牢牢掌控海川的政局。

如果他們分裂，等於給了曲志霞和于捷向他們抗衡的機會，兩人自然不願見到這種事發生。因此雖然金達和孫守義並不是那麼志同道合，但是共同的利益讓他們不得不緊密的團結起來。

就在這時候，東海省省委第三巡視小組到了海川。他們的工作內容主要是對被巡視地方的領導班子、領導幹部，特別是主要領導幹部進行監督，瞭解和掌握真實情況，重點是發現問題和不足。

這是金達和孫守義出任海川市一二把手之後，第一次接待省委派下來的工作小組，又是來監督海川市領導班子和領導幹部的，他們自然是高度重視。

市委當即召開全市領導幹部會議。在會上，省委第三巡視組組長、正廳級巡視專員沈濤華先做巡視工作動員講話；金達主持會議，並作了工作彙報，要求海川市全體幹部充分認識巡視工作的重要性和必要性，並充分配合巡視小組的調查巡視。

會議結束後，金達還是不放心，又給下面各縣市的一把手分別打了電話，要求他們嚴格約束好隸屬的下級幹部。

金達打電話時，孫守義和于捷就坐在他的辦公室裏。

金達打完電話後，看了看孫守義和于捷，神情略顯疲憊，說：「希望這些傢伙能充分重視，千萬別出問題才好。」

巡視組的工作正式展開，日子就在這種緊張卻又波瀾不驚中過去了兩個禮拜。雖然時間已經過去大半，金達和孫守義卻都不敢鬆懈下來，這兩個禮拜的週末他們都是在辦公室度過的，根本就不敢休息。

新的一週平靜的來臨了，金達心中暗自念叨再熬過這個禮拜就好了，省委巡視組離開海川，他就可以放鬆的回家，好好地休息一下了。

早上在市委的會議室裏，金達和巡視小組的組長沈濤華碰了個面，交換了一下彼此關於巡視工作的意見，然後各自按照行程展開工作。

到了晚上，沈濤華吃完晚飯時，已經快九點了，就準備洗漱一番，上床休息。就在這時，他房間的門被敲響了，沈濤華喊了一聲誰啊?就過去開門。

沈濤華原來在省紀委任職，知道有些舉報人怕被報復，往往深夜才敢偷著跟紀委的工作人員接觸，因此對有人在深夜來訪並不意外。

沈濤華走到房門前，從門上的貓眼上往外瞧了瞧，想看看究竟是什麼人敲門。作爲紀委，他時時保有職業的敏感與小心。

令沈濤華驚訝的是，從貓眼看去，外面的走廊上並沒有任何人，心說我沒聽錯啊，確實是有人敲門啊。沈濤華遲疑了一下，小心的打開房門，警惕的向四周看了看，走廊裏很安靜，果然一個人都沒有。

沈濤華奇怪是誰這麼晚來惡作劇，就退回房間，想關上門好好休息，這時，他才注意到地上不知什麼時候放了一個信封在那裡，可能就是剛才敲門的人放的。

沈濤華將信封撿起來，回到房間打開信封，信封裏有幾張帳簿和單據的影本，粗略一看，帳簿似乎記載著某筆資金的支出，上面有一個很草的簽名。沈濤華看了好半天才認出那個簽名是「馬艮山」三個字。

沈濤華不由得一愣，馬艮山是海川市下屬縣級市泰河市的市委書記，原來的泰河市市委書記李天良升任了海川市副市長，馬艮山就由泰河市市長升任爲泰河市市委書記。現在有他簽名的帳簿影本出現在這裏，沈濤華敏銳的感覺到這是有人想要舉報馬艮山了。

鑒於馬艮山原本是泰河市的市長，他簽名支出的資金照理應該是泰河市的財政支出，也就是說：這份帳簿影本的原件很可能在泰河市財政局。那這筆錢馬艮山究竟是作何支出了的呢？應該有個說明吧？

沈濤華翻看著這些影本，果然在其中一張紙的背面印著檢舉信，上面寫著：

「省委第三巡視組的領導您好，我是泰河市財政局的員工，我要向你舉報泰河市市委書記馬艮山。馬艮山是個大貪官，他每個月都從泰河市財政上撥走五十萬用於個人揮霍。最可惡的是，這次他為了能順利升任泰河市市委書記，竟然膽大包天的從泰河市財政撥出兩百萬資金用於買官，相關的帳目我已經複印給您了，您可以去泰河市財政局調取相關的帳目就能辨明真假……」

沈濤華看完舉報內容，眉頭皺了起來，經驗告訴他，這份資料是真實的，馬艮山的確存在貪瀆的事實。但是沈濤華十分猶豫，要不要展開行動。金達和孫守義那麼殷勤的招待巡視組，就是不希望有什麼醜事被爆出，沈濤華不想做那種接受了主人盛情款待，轉過頭來卻又去給主人臉上來一巴掌的惡客。

再是馬艮山這個市委書記，在海川市算是中階級別的官員，在沈濤華做紀委工作這麼多年的經驗中，這種官員如果出事是最麻煩的，因為他上面有市級的領導，下面又有一批縣級的官員，真的出事，估計會牽連一大批人的，因此這份資料讓沈濤華頓時有燙手山芋的感覺。

但是這個帳簿既然放在他的門口，他也無法置之不理，於是沈濤華撥了省紀委何書記的電話，將事情彙報給何書記，然後請示如何處理。

何書記對這件事很重視，說：「老沈，這事牽涉到了馬艮山的買官問題，很可能有市級領導牽涉其中，我得跟省委彙報，請示呂紀書記才行。」

他請示呂紀的結果，就是省委將會立即安排調查小組到海川來調查此事，海川市的一場政壇地震也就此拉開了序幕。

第二天，省委調查組到了海川，跟金達碰面通報情況後，就讓金達通知馬艮山來他的辦公室開會，將馬艮山騙來，好對他採取雙規措施。

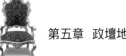

金達聽到調查小組的通報情形，心裏十分震撼，沒想到一向被他認爲沒問題的泰河市居然會出現這麼大的問題。馬艮山的事，也不知道李天良會不會有份?他這時想起前段時間泰河市副市長周正南向他和孫守義買官的事，會不會周正南也與馬艮山有什麼牽連?

這時候金達有些後悔不該聽孫守義的意見，放棄對周正南的調查，如果那時候市委展開調查，說不定會查出馬艮山的問題。那就不用像現在這樣，驚動省委組建成調查小組到海川來了。

但是此時後悔已經太晚了，金達也只好打電話給馬艮山，笑說：「艮山同志，你來我辦公室一趟吧，我有些事情要跟你談。」

馬艮山還不知道被人舉報了，對金達召見他感到很高興，立即說：「好的，我馬上就趕過去。」

進金達辦公室的時候，馬艮山臉上還帶著笑容。他看到金達辦公室還有其他人，便問：「您還有客人啊，我是不是等等再進來？」

金達正色說：「艮山同志，這幾位是省裏派來的調查小組同志，是他們要跟你談話的。」

調查小組立即對馬艮山宣讀了要對他採取雙規的決定，馬艮山一聽頓時面如土色，身子一軟倒在地上，隨即地板上流出一灘水來，一股尿騷味瀰漫開來，馬艮山竟然被調查組給嚇得尿失禁了。

金達沒想到一個昂藏七尺的男兒，居然會這麼經不起事。不用說，這證實了馬艮山果然涉案，而馬艮山肯定被調查組一問，就什麼都會交代了。金達的心不禁越往下沉，海川政壇這下子可有好戲看了。

馬艮山的慫樣並沒有影響到調查小組，仍舊按照程序將馬艮山帶走了。

趁著工作人員來收拾善後的同時，金達便趕去孫守義的辦公室，告訴他馬艮山被雙規的事。

金達面色沉重地說：「老孫啊，省委下來一個調查小組，對馬艮山宣布了採取雙規措施。唉，馬艮山這傢伙，平常看起來人五人六的，沒想到這麼糟糕。」

孫守義臉色也沉了下來，馬上就意識到事情的嚴重性，馬艮山被抓一定會牽涉出很多官員，海川人事的變動已經是不可避免了。

孫守義問：「金書記，調查組有沒有跟您說是爲什麼啊？」

金達說：「調查組說是巡視小組的組長沈濤華同志發現問題的，有人把泰河市財政局的帳簿複印了幾張給他，揭發馬艮山動用泰河市財政的錢買官。其餘的細節，調查組沒有透露，還要再深入查證才知道。老孫，估計這次馬艮山的問題不會小了。」

孫守義心想：馬艮山估計是逃不掉了，現在需要考慮的問題是馬艮山會咬出多少人來?特別是馬艮山跟李天良之間是不是也存在著賄賂的關係?如果李天良涉案，會不會也牽涉到金達的頭上呢？

孫守義腦子有點亂，這些問題他又不好直接問金達。如果換在別的時候，李天良出事，孫守義只會高興，但是在這個他和金達剛剛穩住海川政局的時刻，他真心不希望金達遇到什麼動盪，因此心中很擔心金達會不會被李天良牽累到。

孫守義看了看金達，說：「金書記啊，您還記得周正南那件事嗎？」

金達點點頭說：「當然記得，老孫，我現在很後悔當初不該聽你的，放過了周正南。我倒不是責怪你，而是說，如果那時候因爲周正南的案子揭開了泰河市的黑蓋子，也許現在我們倆就不至於這麼被動了。」

孫守義說：「我知道您的意思，您是說周正南很可能牽涉到馬艮山，查周正南就會把馬艮山給查出來，也不用等著省裏來查了，對吧？」

金達點點頭說：「是啊，你要知道市裏面查跟省裏面查，問題就不一樣了。」

孫守義說：「這我清楚，不過，我們自己查的話，也是有利有弊，我們剛剛上來，如果搞出這麼大的案子來，不說別的，起碼有自亂陣腳的嫌疑吧？好了金書記，這些我們先不討論了，我覺得我們目前需要考慮的是泰河市的領導班子問題，下一步泰河市的工作要怎麼辦啊？」

金達同意說：「這個問題是需要想一想，我看要趕緊派個作風過硬的同志下去主持泰河市的工作才行。誒，老孫啊，你說天良同志會不會也牽涉在其中啊？」

金達這麼問，說明了李天良雖然是金達的親信，卻只有工作關係，並沒有私下的權力利益的交換，因而敢問心無愧的問道。

孫守義說：「這就不好說了，我們並沒有什麼證據，也就不好去懷疑天良同志有什麼問題。」

金達苦笑了一下，說：「這倒是，不過我心中總有些懷疑，天良同志在我面前一向對馬艮山讚賞有加，現在馬艮山暴露出嚴重的問題，天良同志對馬艮山的讚賞恐怕就很有問題了。老孫，看來要徹底瞭解一個同志真是很難啊。」

金達表達出他被李天良迷惑的感慨，孫守義也剛剛體會到何飛軍所給他帶來的苦惱，因此很能體會金達此刻的心情，心有戚戚焉地說：

「您也不要去猜測什麼，我想馬艮山既然被雙規，天良同志有沒有牽涉進去，很快就能水落石出的，我們還是讓事實來講話吧。」

金達嘆了口氣，說：「也只好這樣啦。老孫，你說會是誰搞出這件事來的啊？誰會把資料放在沈濤華的門口呢？會不會是市委的那位？」

孫守義知道金達所說的人，指的是市委副書記于捷。

這倒不是不可能，于捷現在對他和金達很有意見，巴不得海川市出點什麼亂子。馬艮山跟李天良是一條線的，這條線的線頭在金達那裏，整治了馬艮山，也就等於整治了李天良和金達。于捷如果有這種機會，自然是不會放過的。

但問題在於于捷有沒有這種機會，泰河市因爲李天良的關係，一向被視爲是金達的勢力範圍，于捷在那裏的影響力並不大。財政局的帳目資料通常是財政局的核心人物才能掌握到，孫守義相信能弄到這份資料的人，一定是李天良和馬艮山圈子裏面的人，應該跟于捷搭不上界的。

因此孫守義搖搖頭，不以爲然地說：「我覺得應該不是于副書記，他是無法搞到那些財務資料的。」

金達納悶地說：「不是他，那會是誰啊？話說我們接待巡視組就剩下不到一個禮拜的時間了，被他這麼一搞，我們這次所做的工作等於是全部報廢了。」

孫守義一時也想不出來會是誰，曲志霞顯然更不可能了，她新到海川不久，還沒在海川紮根呢，于捷辦不到的事情，曲志霞就更辦不到了。

孫守義苦笑了一下說：「是啊，看來我們想要平安度過這次的巡視是不可能了，這個沈組長也真是不夠意思啊。」

金達看孫守義也沒有答案，心想辦公室的尿騷味應該散得差不多了，便說：「我回去了，這兩天有什麼新情況，我們再互通訊息吧。」

金達回到自己的辦公室，就看到李天良在辦公室等他，不由得一愣，這傢伙在馬艮山出事後這麼快就趕來，是不是真的跟馬艮山有什麼貓膩啊？

金達不禁瞅了李天良一眼，說：「老李，找我有事啊？」

李天良說：「金書記，我剛聽說馬艮山被雙規了？究竟怎麼一回事啊？」

金達點點頭說：「是有這麼回事，省巡視小組接到舉報馬艮山的資料，省裏就派來一個調查小組，讓我把馬艮山叫來，然後宣布雙規的。」

李天良說：「那您知道是爲了什麼事嗎？」

金達說：「據說是動用財政資金買官。老李啊，你來得正好，我正想問你，馬艮山跟你搭檔的時間很長，你跟他之間沒有什麼不應該的事吧？」

金達說話時邊觀察著李天良的表情，他注意到他問這個問題的時候，李天良的臉一下子變得沒有了血色，顯然擊中了他的要害。

「沒有，沒有，」李天良連聲否認說：「我跟馬艮山一向關係並不和睦的，怎麼會跟他有什麼事呢！」

李天良這明顯是睜著眼說謊了，關係不好能推薦馬艮山接他的位子嗎？看來這次李天良也可能是凶多吉少了。

金達看了看李天良，他不好逼問什麼，只好話中有話地說：「沒有是最好了。如果有的話，你可要早點跟省調查小組的人交代一下。」

李天良臉色越發白了，他使勁的搖了搖頭，似乎是想將金達剛才說的話搖出腦袋一樣，心虛地說：「沒有，我跟馬艮山沒有任何的不正當往來，我怎麼會跟他有什麼呢。」

金達卻從李天良的聲音中聽出了恐懼，心中暗自搖頭，越發確信李天良是有問題的了。

金達沒想到他這麼信得過的人居然背著他做出不該做的事情來，心裏很生氣，就不想再跟李天良講話了，便說：「老李，你還有別的事情嗎？」

李天良說：「沒有了。」

金達說：「那你回去吧，一會兒我還約了人。」

「那市長您忙，我走了。」李天良就站了起來，說。

金達在背後說道：「老李，回去好好想想吧，如果真有什麼問題，趕緊跟組織交代還不晚，可別等著上面什麼都查出來就不妙了。」

金達從後面明顯看出來李天良的身體抖動了一下，不過他很快就恢復過來，回頭看了一眼金達，說：「我真的沒事的。」

看來這傢伙是不到黃河心不死了，金達莫可奈何的嘆了口氣，說：「行，沒事就好。」

李天良離開了金達的辦公室，這時，辦公室的電話響了起來，是呂紀的號碼，金達趕忙接通了。

「您好書記，請問有什麼指示？」

呂紀語氣嚴肅的說：「金達同志，馬艮山被雙規了，你們海川市委當初是怎麼考察他的啊，怎麼能讓這樣一個有嚴重問題的人坐上泰河市市委書記的位子上呢？」

金達抱歉地說：「對不起啊呂書記，市委在考察這個同志的時候，工作做得不夠仔細。」

呂紀不客氣的說：「不夠仔細就能解釋這個問題了嗎？我看你還沒認識到問題的嚴重性！還有啊，泰河市原來不是李天良在做市委書記嗎？這個李天良有沒有問題啊？你好像挺信任李天良的，你跟他們之間有沒有什麼問題啊？」

金達這時候可沒有給李天良打包票的勇氣了，便說：「呂書記，別人有沒有問題我可不敢說，但是我敢跟你保證，我是沒問題的。」

呂紀教訓說：「金達啊，你是市委書記啊，光保證自己沒問題行嗎？這個馬艮山的行爲實在是太惡劣了，竟然膽大妄爲到敢動用財政資金來買官，他把國庫當什麼了？自己的金庫嗎？這樣一個人你們居然讓他做市長、市委書記這麼多年？這是一個工作做得不夠仔細能夠開脫的嗎？」

金達被訓得一聲也不敢吭。

呂紀繼續說道：「這次馬艮山的問題很嚴重，他用兩百萬拿來買官，這兩百萬給了誰了？誰爲馬艮山的升遷提供了幫助，省委對這件事一定會查清楚的，無論牽涉到誰，都會一追到底。」

隨著馬艮山的被雙規，泰河市馬上就有一連串風聲鶴唳的動作，先是財政局局長被省調查組叫走沒再回來，緊接著，副市長周正南也被雙規了，然後是常務副市長、市委副書記、組織部長……，就如同骨牌效應一般，泰河市領導班子的大半人員都中彈被處分，一時之間泰河市官場人人自危，誰也不知道下一刻被帶走的會是誰。

泰河市官員接連出事，也給金達和孫守義帶來莫大的壓力，他們兩個都是新上任，驟然遭逢到這麼大的變動，查案的又是省調查組，他們無法隨時掌握最新情況，因此心情上都有一些緊張不安。

副書記于捷卻顯得有些幸災樂禍，他在常委會上做出一副痛心疾首的樣子，說：「同志們，泰河市這次涉案的官員這麼多，真是讓人痛心啊，簡直就是一場人事災難，我們的一些同志是不是該檢討一下了，馬艮山的權力爲什麼長期監督……」

于捷尖銳地對馬艮山提出了強烈批評，目標卻是直指市委書記金達。會上的氣氛就變得尷尬了起來。

金達的臉色陰沉，看了于捷一眼，卻不好說什麼。畢竟馬艮山成爲市委書記，是他拍了板的。

孫守義很看不慣于捷這副嘴臉，便說：「于副書記，對馬艮山和泰河市班子的人選，最終是常委會集體研究決定，如果我沒記錯的話，你也是投了贊成票的，如果說有責任，你也是責任人之一。」

于捷絲毫不讓地說：「對，我是投了贊成票，但那是在班子的主要領導強力推薦下我才投的，主要的責任可不在我。」

孫守義反駁說：「那你也是投了贊成票的，不能把自己置身事外……」

金達看兩人就要吵起來，趕忙衝兩人擺了擺手，攔阻道：

「好了好了，你們不要吵了，現在案子的調查還沒結束，你們吵有什麼用啊？傳出去只會讓人看我們班子的笑話。于副書記，你也不用拐彎抹角的了，你放心，等整個案子調查完，該我負的責任，我自然會給省委一個交代的。好了，散會。」

會議就不歡而散。

金達拿著東西出了會議室，孫守義跟在後面，進了金達的辦公室。

孫守義氣憤地說：「這個于副書記也太氣人了，在這個時候跳出來說三道四的，算什麼東西啊？」

金達苦笑說：「老孫啊，我自己也確實做得不好，對泰河市的班子素質，我的確是有責任的。回頭等這件案子調查結束後，我是要向省委作檢討的。」

孫守義不平地說：「金書記，話不能這麼說，對泰河市領導班子的考察當初可是于捷負責的，又是會上大家一致通過的，責任不能完全算在您這個班長頭上，要檢討，大家一起檢討好了。」

金達感激地說：「謝謝你的支持，老孫。」

孫守義說：「您別客氣，這件事本來就不是您個人的問題，是海川市領導班子整體的問題，這時候我們應該相互扶持，共度難關才對。」

金達點點頭，嘆了口氣說：「老孫啊，你知道我現在最擔心什麼嗎？」

孫守義說：「如果我沒猜錯的話，您現在最擔心的應該是李天良副市長吧？」

金達點了點頭，說：「是的，現在出問題的這些人，都是李天良任職泰河市市委書記時期的人馬，這些人問題這麼嚴重，李天良也一定脫不了干係的。這幾天你看他工作有沒有什麼異常啊？」

孫守義想了想說：「看不出什麼來，就是感覺他神情嚴肅了很多。不過這也說明不了什麼，泰河市出這麼大的問題，李天良這個前任市委書記的心情肯定也不會輕鬆的。」

金達苦笑說：「不是輕不輕鬆的問題，馬艮山花兩百萬買官，他能跟誰買啊?肯定不會是從下級幹部手中買的。而在確定泰河市市委書記人選時，李天良是跟我極力推薦馬艮山的。老孫啊，恐怕我是看錯了李天良這個人了。」

孫守義勸說：「您也不要自責，現在的幹部都很善於偽裝自己，我不也看錯了何飛軍那傢伙嗎？」

金達說：「何飛軍的問題跟李天良的問題不是一個性質，何飛軍只是私生活作風問題，李天良可是受賄，這可是犯罪行爲了。」

其實孫守義一直懷疑何飛軍是如何安撫住他的前妻的，他擔心何飛軍是收取了別人的賄賂，再將贓款付給他前妻，作爲離婚的條件。

不過孫守義不想把他的懷疑告訴金達，現在海川的局面已經夠複雜的，他不想在這時候再添上何飛軍的問題，讓局面更雪上加霜。

孫守義只好勸說：「您也別太苛責自己了，如果李天良真是存在這種行爲，那也是他自己的問題，責任也只有他自己來承擔。」

金達苦笑了一下，沒再說什麼。

# 第六章

# 風暴中心

孫守義猜測鄧子峰是想要他遠離風暴中心，專心去處理花卉種植項目的推廣，
這樣一方面做了工作，另一方面也避免去招惹一些不必要的麻煩。
孫守義心領神會地說：「省長放心，我會儘快去現場瞭解情況的。」

晚上，金達從外面忙完回到住處，剛坐下來喝口水，就聽到了敲門聲，他從貓眼往外一看，外面站著的，是一臉沮喪的李天良，便打開門，說：「進來吧。」

金達把李天良讓到沙發上，給他倒了杯水，金達從李天良憔悴的神色中看出來，馬艮山被雙規的這幾天，李天良肯定過得十分煎熬，便說：「老李啊，我們倆認識的時候，你還是泰河市的市長吧？」

李天良點點頭說：「是啊，那時候我是泰河市市長，您那時是海川市的副市長，一晃都這麼多年了。」

金達說：「是啊，我記得那時我跟你很投緣，我們坐在一起談工作，你讓我感覺是個很有報復很有想法的人，我對你很有一種志同道合的感覺。但是今天，我想問你一句，你還是那個我剛認識的李天良嗎？」

李天良長長的嘆息了一聲，說：「對不起，金書記，我沒有守住自己，這次恐怕要連累你了，我收了馬艮山的錢，這次他接任市委書記，送了我一百萬，要我一定要推薦他。」

「一百萬，」金達疑惑的說：「不對吧，他從財政局拿的是兩百萬。」

李天良說：「另外那一百萬馬艮山做了什麼，我就不清楚了，反正我只拿了一百萬。」

「老李，」金達痛心地說：「你怎麼會變成這樣的啊？枉我那麼相信你。」

李天良嘆了口氣，說：「金書記，我承認我自己是意志薄弱了些，但是這也不能完全怪我的。」

「不能完全怪你？」金達驚詫地說：「那怪誰啊?怪我嗎？」

李天良解釋說：「不是的，金書記，您不瞭解現在的官場風氣。從我擔任泰河市市長開始，下面各鄉鎮和市屬各部門逢年過節都有幹部給我送禮送錢，手法五花八門，一開始我尚能拒絕，但後來我拒絕了之後，那些幹部就開始疏遠我了，反而轉去跟我的一些對手親近。我在泰河市就備受孤立。後來我想了想，心說我這是何苦呢，好處沒得著，還被人孤立了，這樣下去，我要開展工作都很難，於是我就開始嘗試撿一些信得過的收。結果發現不但收到好處，工作也好開展多了。從此我就開竅了。」

金達瞪了李天良一眼，說：「原來你是這麼開竅的，你這竅開的可真是好啊。」

李天良無奈地說：「現在官場風氣就是如此，我如果不想做個政治孤鳥，也只能同流合污，否則我很快就會被排擠出局的。」

金達問：「那你收別人的賄賂就不覺得燙手啊?你收了錢能睡得著覺嗎？」

李天良坦承：「開始的時候是有些心驚膽戰的，有時候還會做噩夢驚醒。但是後來收的越來越多，也沒有人找上門來查，我的膽子就慢慢大了起來，覺得受了賄也沒什麼事，慢慢的還不滿足只等著別人送錢給我，還想辦法去跟別人要。」

金達眉頭皺了起來，說：「老李啊，我真是想不到你會變成這個樣子。」

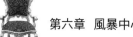

李天良哽咽起來，說：「對不起，金書記，我知道自己做錯了，這次你一定要救救我啊，不然我就完蛋了。」

「救你？」金達說：「我拿什麼救你啊？老李，現在能救你的只有你自己了，你不用跟我廢話了，趕緊去省調查組那裏自首吧，自首的話，還能減輕些刑責。」

「不行，我絕對不能自首，」李天良嚷道：「我不想去坐牢。金書記，您幫幫我吧！我在市政府對您還是有用的，我可以幫您制約孫守義。」

雖然金達曾經有這個想法，但是這個想法可不能公開說，尤其是在李天良即將要出事的時候，更不能承認。

金達就不滿說：「老李，你什麼意思啊，你別胡說八道，我什麼時候說要你制約守義同志了？」

李天良看了金達一眼，清楚金達是不想承認當初讓他當這個副市長的真實意圖，便說：「金書記，那就當我胡說八道好了，可是不管怎麼說，我好歹也跟您幹了一場，您總不能見死不救吧？」

金達無奈地說：「老李，我怎麼救你啊？你犯了法，我拿什麼救你啊？」

李天良卻堅持說：「您如果想救我就有辦法的，您不是跟省委書記呂紀關係很好嗎？您去找找呂紀，只要他出面，一定能救我的，馬艮山這個案子馬上就可以停下來，不再查下去。我也就安全了。」

金達搖搖頭說：「老李，你還是別做這種美夢了，你以為現在權力真的大於法律啊？我跟你說實話吧，就在馬艮山被雙規的當天，呂紀書記就給我打了電話，問我有沒有牽涉到這件案子中去，還跟我說，這個案子不論牽涉到誰，都要一查到底。也就是說，如果我涉案的話，呂紀書記也是不會放過我的，更何況你了。」

「那我怎麼辦啊？」李天良哭了起來，說：「金書記，我不想坐牢的。您救救我吧。」

金達可憐的看了李天良一眼，說：「老李，我還是那句話，能救你的，只有你自己。你聽我的，趕緊找省調查小組交代自己的問題，還能爭取個好態度，少坐幾年牢，別的你就不要心存幻想了。」

李天良帶著哭聲說：「您真的不肯救我嗎？」

看一個大男人哭哭啼啼的樣子，金達心中十分厭惡，既然你有膽子收別人的賄賂，就要敢承擔帶來的後果。他就有點煩躁地說：「老李，你怎麼就不明白呢，這時候誰也救不了你。你究竟是要自己自首，還是讓我通知省調查組來將你帶走呢？」

李天良用哀求的眼神看著金達，說：「金書記，我們總算是朋友一場，您不能這麼絕情吧？」

金達實在是煩透了，尤其是想到李天良被雙規後他要面對的窘境，就衝著李天良大叫道：「李天良，你夠了吧？你有今天完全是你自己做出來的，呂書記已經質問過我和你的關係了，我還不知道會怎麼被你牽累呢，你還來怪我絕情？」

李天良又嗚嗚哭了起來，說：「金書記，我也不想的。」

金達火大了，一拍茶几叫道：「好了，李天良，你給我像個男人樣子好不好啊？大男人敢做敢當，哭算是怎麼一回事啊？你不願意去自首是吧，好，我打電話給省調查組，讓他們來把你帶走！」

金達就拿出手機想要撥號，李天良一把將他的手機給搶了過去。

金達瞪了他一眼，說：「李天良，你想幹嘛？」

李天良長嘆一聲說：「好，金書記，我自己去自首總行了吧？」

金達用懷疑的眼光看了李天良一眼，不相信地說：「老李，你真的要去自首？你可別借機逃走了。」

李天良苦笑說：「金書記，您看我這個樣子像是亡命天涯的人嗎？此刻我只覺得天下之大已無我李天良立足之地啦。」

金達勸慰說：「老李，你也別絕望，老老實實的去自首，爲自己減輕處罰，然後在監獄裏爭取減刑什麼的，待不上幾年你就會出來了。人啊，沒有過不去的坎的。」

李天良說：「哎，您說的輕巧，事情不是出在您身上，您自然覺得沒什麼。您當初何苦把我弄到市裏來啊？我如果還在泰河，不就沒這些問題了嗎?!」

李天良話裏居然有幾分怪罪金達的意思，似乎他有今天是金達害的一樣，金達就有些不滿了，不過看李天良一副失魂落魄的樣子，將不滿壓了下去，沒有張嘴訓斥李天良。

李天良走前又看了金達一眼，長嘆了一聲，說：「唉，金書記啊，我去了，以後麻煩您多照顧照顧我家人吧。」

金達以爲李天良是要自首坐牢，委託他幫忙照顧家人，他自然義不容辭，就說：「放心吧，老李，你家人如果有什麼需要幫忙的，只管讓他們來找我，只要能幫的，我都會幫忙的。」

李天良說：「那我謝謝您了，走了。」

李天良就去開了門往外走，金達送他出門，李天良慘笑道：「行了金書記，你不用送我了，放心吧，我不會跑的。」

金達不放心地叮嚀道：「那行，老李，一定要去自首啊。」

李天良伸手拍了一下金達的肩膀，說：「放心吧，您回去吧。」

金達就沒再往外走，回了屋。關上門，金達不禁嘆了口氣，他最擔心的事還是發生了，明天李天良自首後，估計他要承受更多的壓力和非議了。

第二天，金達還在睡夢中，就聽到房間門發出咚咚的急促敲門聲，他從睡夢中被驚醒，迷迷糊糊地喊了聲：「誰啊？」

「我，孫守義啊，您快開門，出事了，」孫守義在外面叫道。

聽孫守義這麼說，金達趕忙披上衣服去開了門，看到孫守義神色慌亂，就問道：「怎麼啦？老孫。」

孫守義急急地說：「李天良跳樓自殺了，我剛才打電話給你，你沒接，我就直接過來敲門了。」

「什麼？」金達震撼不已，驚叫說：「李天良跳樓自殺了？他跟我說好要去自首的啊。」

孫守義問：「他來找過您啊？難怪他會在我們這棟大樓的樓頂跳下去。現在被送到醫院去急救了。」

金達有傻眼的感覺，李天良選擇在他住的這棟樓樓頂跳下去，這是什麼意思啊？想讓他內疚嗎？金達腦子裏亂成了一鍋粥，呆在那裏有些不知所措。

孫守看金達那樣子，趕忙提醒說：「您是不是先穿好衣服，我們去醫院看一下李天良的情況？」

金達這才說：「對對，先去看看老李的情況。」

金達就趕忙穿上衣服，跟孫守義下了樓，就看到有不少公安在大樓門前勘驗現場，地上有一大灘鮮血。公安局長姜非也在現場，看到金達下來，就過來想要彙報情形。

金達說：「姜局長，先什麼都不要講了，我們先去醫院看看老李吧。」三人就上了車往醫院趕。

在車上，金達問姜非知不知道李天良的具體情形，有沒有生命危險？

姜非說：「據現場的警員說，發現李副市長的時候，他已經是生命垂危了，恐怕是凶多吉少。」

「這個老李啊，」金達忍不住嘆了口氣說：「怎麼就想不開呢？唉，我當時不該聽他的，讓他自己去自首，如果讓調查組的人去把他帶走，就沒有這種事了。」

孫守義安慰說：「您別內疚了，您也不想他這樣子的啊。」

金達心情很沈重，一時之間也找不到合適的話表達自己現在的心情，只好又嘆了口氣。

三人趕到醫院時，李天良終究還是回天乏術，沒能搶救過來，宣布死亡了。李天良的家人在醫院哭成了一團。

金達和孫守義心裏都有點不是滋味。雖然金達自覺並沒有做錯什麼，但是看到一個曾經很不錯的朋友就這麼棄世，對他來說心情自然很沉痛。而孫守義在李天良活著的時候，對李天良並沒有好感，但是現在李天良死了，畢竟同事一場，他心中也有兔死狐悲的感覺。

第二天上午，金達剛到辦公室坐下來，省調查組的組長就帶著一名小組組員來了。這名組長姓鍾，是省紀委監察室的一名處長。因爲李天良的死亡，相關人員心情都很不好，鍾組長和金達見面打招呼的時候，臉上都是很沉重的表情。

鍾組長歉意地說：「金書記，不好意思，有些例行程序還是需要走的。我們來是想瞭解一下昨晚李天良在你那兒的情形，這是辦案需要，並不是針對您的。」

金達點點頭說：「我能理解的，鍾組長，就算你們不來，我也想找個時間跟省調查小組彙報一下的。好了，你問吧，你們想瞭解什麼。」

鍾組長就問李天良昨晚跟金達說了什麼，金達便如實以告昨晚兩人面談的內容。說李天良承認了收了馬艮山一百萬，幫他坐上市委書記的寶座的事。

金達講完，鍾組長問：「金書記，您確認李天良說他只收了一百萬？」

金達點點頭，說：「我確認，他是這麼跟我說的。」

鍾組長說：「可是馬艮山卻說送給他兩百萬，兩造的說法兜不起來啊。」

金達困惑地說：「可是李天良的確跟我說的是一百萬。他還說那另一百萬他也不知道是怎麼回事。」

鍾組長說：「我們問過馬艮山很多遍，他一直堅稱他從財政局拿走的兩百萬，都送給了李天良。李天良說會拿這筆錢幫他活動關係，確保他接任市委書記的。」

金達說：「那我就不知道了。」

鍾組長又問：「那李天良有沒有跟您說他幫馬艮山把錢送給了誰呢？」

金達感覺到鍾組長看他的眼神帶著懷疑的色彩，心中就很不高興，但現在他是瓜田李下，也不好表現出自己的不滿。於是壓了壓心頭的火氣，說：「李天良沒有跟我說這些，他只是告訴我他拿了馬艮山一百萬。」

鍾組長追問說：「那您跟李天良會面的時候，還有別人在場嗎？或者你能提供證據，證明您說的這些都是事實嗎？」

「你什麼意思啊，你懷疑我嗎？」

金達面對鍾組長一再用質疑的口吻問話，終於忍不住發火了。

鍾組長趕忙否認說：「不是的，您別誤會，我不是懷疑您。而是因爲牽涉到了李天良犯罪的問題。我們要證明李天良構成刑事犯罪，必須要有充足的證據，現在李天良一死，他跟您說的這些話就成了間接證據，但又跟馬艮山的口供對不起來，因此需要其他事證來佐證，否則我們就無法去指稱李天良構成犯罪了。」

對鍾組長的說法，金達雖然不是很懂，但是還可以接受，便說道：「原來是這樣子啊，不過不好意思，當時就我和李天良兩人在場，並無其他人證。」

鍾組長嘆說：「那就麻煩了，說不定到最後我們明知道李天良是罪犯，卻無法給他定罪了。」

能不能定罪倒不是金達要考慮的，金達只覺得如果調查小組早一點採取措施，也許李天良就不會有機會自殺了，因此說：「鍾組長，你們既然早就知道李天良涉嫌受賄，爲什麼不早採取措施啊？如果你們早一點把他抓起來，很多事情就會不同了。」

鍾組長也很無奈地說：「金書記，這您不能怪我們，李天良是副廳級幹部，我們必須要拿出充分的證據請示省委，省委批准了，我們才能對他採取措施的。」

金達想想也是，就沒再說什麼了。

鍾組長看情況也瞭解的差不多了，就結束談話，離開了。

李天良這一死，泰河市以及海川政壇上很多人都暗自鬆了口氣，很多秘密和不正當的利益輸送都隨著李天良的死而被埋葬了，很多人也因此逃過了應受的懲罰。

對於李天良的死亡，報紙上的官方說法，並沒有將李天良的死定性爲自殺，只說他是不慎墜樓身亡，將之歸爲意外。

由於李天良的自殺並無疑問，家屬也知道李天良的死並不光彩，於是遺體很快被火化了。也由於李天良死因很是尷尬，他的告別式，市府的領導們都沒出席，只有家屬陪著他走完最後的一程。

金達倒沒忘記他對李天良的承諾，打了電話給李天良的家人，表示他們如果有什麼困難可以來找他，他會盡力幫忙。但是李天良的家人卻對金達並不領情，他們把李天良的死怪罪於金達，因此十分冷淡的說了聲謝謝，就掛了電話。

金達以為李天良既然死了，事情也就可以宣告結束了。但是他沒想到的是，有些事情還是無法一筆勾銷的。

首先就是馬艮山送給李天良的贓款的問題，先不論數額究竟是一百萬還是兩百萬，調查小組想先找到錢再說。

但是令調查小組意外的是，李天良的家屬矢口否認見過這筆錢，他們對李天良的家進行搜查的結果，也沒有找到這筆錢，這筆無法確認是一百萬還是兩百萬的贓款竟下落不明，成了一個解不開的謎。

同時，由於馬艮山的口供和從金達那裏瞭解到的李天良自己所說的受賄金額並不一致，李天良也自殺身亡，死無對證，馬艮山又提不出什麼旁證。因此馬艮山的口供就成了無法印證的證據，也就無法認定李天良是否受賄了。

隨之而來的，是輿論和媒體對金達的質疑。許多人追問為什麼李天良會在深夜找金達談話，李天良又跟金達談了些什麼？為什麼談完話之後，李天良沒按金達所說的去自首？金達為什麼不直接將李天良交給省調查組？李天良究竟是畏罪自殺，還是被金達逼迫跳樓的？馬良山說他拿了兩百萬買官，這兩百萬究竟給了誰？金達有沒有從中拿到一部分？

種種不利於金達的揣測在東海省以及海川政壇上四處流傳。幾乎眾口一詞都認為金達是有問題的，甚至有人推測說，金達為了逃避罪責，誘逼李天良上了大樓的樓頂，然後趁李天良不注意，將李天良推下樓頂，由此得出李天良是被金達謀殺的。

金達看到這個帖子，真是哭笑不得。反正問心無愧，於是金達索性對這些帖子置之不理，相信只要他不去關注這個帖子，這個帖子又無什麼真憑實據，很快就會從海洋般廣闊的網路上沉下去的。

呂紀打電話來，讓金達去齊州彙報李天良自殺的事。金達不敢怠慢，趕忙去了齊州。

呂紀見了他，就說：「金達同志，究竟是怎麼回事啊？李天良自殺前為什麼要去見你？」

金達說：「李天良去見我，是希望我能幫他逃避懲罰，我拒絕了，沒想到他就想不開，尋了短見。」

呂紀訓斥說：「你怎麼一點政治敏感度沒有啊，李天良跑去跟你求助，一定是在極為絕望的前提下才會有的行為，你為什麼不趕緊通知省調查組呢？」

金達苦笑了一下，說：「我哪想到那麼多，我以為他跟我說要去自首，自己就會去找調查小組的，誰知道會出這個意外呢？」

呂紀責備說：「你沒想那麼多，現在好了吧，網上輿論一片譁然，人們都在懷疑是你逼迫李天良自殺的。這個本來是可以避免的狀況，你把省調查組的同志叫去，也可以算是李天良自首的嘛。現在倒好，搞得我們東海省委十分的被動，你要我們怎麼跟社會大眾交代啊？說李天良畏罪自殺吧，我們又拿不出他受賄犯罪的證據來。」

這件事也很令金達意外，按說馬艮山招供說兩百萬都給了李天良的時候，李天良還沒有自殺，不存在死無對證這一說，相較來說，馬艮山的口供是比較可信的。

那李天良又爲什麼說只拿了馬艮山一百萬呢？那剩下來的一百萬去哪裡了？還有，李天良的家人爲什麼不承認有這一百萬呢？李天良從他家中離開到自殺這段時間，又做了什麼？

從李天良離開家到被發現跳樓，中間有一段時間差，這段時間李天良究竟做了什麼，沒有人知道。金達懷疑李天良是在這段時間裏對家人做出了安排，然後調查小組才會搜索他家的時候什麼都找不到。

想不到李天良臨死還做了一個局，這個死局把他的一切犯罪行爲都給掩飾了，保全了他的家人，還讓金達跟著背上了黑鍋，真是有夠狡猾的。

金達不知道該作何解釋，只好老實的說：「對不起，呂書記，是我考慮不周。」

呂紀恨鐵不成鋼地說：「你是有點欠考慮，我記得事先就提醒過你，問過你跟李天良的關係，你怎麼還是處理得這麼失敗呢？本來很簡單的一件事，卻因爲你顧及情面，搞得這麼複雜。金達，你這次真的是很失策啊。」

金達低下了頭，不敢面對呂紀的眼神。

呂紀接著說道：「現在問題的關鍵還不在這裏。馬艮山交代出來的涉案買官賣官的人高達上百人，這個小小的縣級市整個班子算是從根爛上了，這在我們東海省幾十年的歷史上都是沒出現過的，問題之嚴重，形象之惡劣令人震驚。本來東海省委已經灰頭土臉了，你又給我鬧出個自殺事件來，這不是添亂是什麼啊？」

金達的頭更低了。

呂紀看了他一眼，說：「金達，你現在是海川市的一把手，坐在一把手的位置上，你就要有一把手的思維，做什麼事首先要考慮的是對海川市全體人民負責，而不是你跟那個李天良的友誼。好在你自身操守還過硬，馬艮山的口供中沒有提到你，要不然的話，我真要考慮你還適不適合再擔任海川市市委書記了。」

金達被說得滿臉通紅，一個勁的道歉。

呂紀說：「你也不用道歉了，還是趕緊想辦法解決問題吧。在這個風口浪尖上，你這個市委書記要掌控住海川市的局面，對下面的同志要重申組織紀律，確保他們不傳謠不信謠，不要搞得滿城風雨的。知道嗎？」

金達趕忙點點頭說：「我知道了呂書記，回去我就按照您的指示去做。」

呂紀又說：「我已經跟省調查組的同志交代過了，案子要從嚴辦理，但是嘴要閉緊一點，不要隨便對媒體講話。你回去也要跟海川市的相關部門交代下去，要注意保密。如果誰不注意保密，影響了辦案，查出來的話，嚴懲不貸。」

金達說：「好的，我會責令相關部門的同志嚴守注意的。」

呂紀接著說：「再是，你有沒有考慮過泰河市的班子問題啊？」

金達說：「經審查，泰河市的市長並沒有什麼問題，現在由他暫時主持工作，我想是不是就由他出任泰河市的市委書記？」

呂紀搖搖頭說：「這個人不行，我看了他的工作履歷，他因爲新到泰河市，這次並沒有涉案，但是他的資歷有點淺，泰河市正處於混亂的階段，他壓不住陣。」

金達看了看呂紀，說：「那您的意思是？」

呂紀說：「目前這個狀況，必須去一個級別高，在海川市有點威望的幹部過去兼一段時間市委書記，好穩定局面。你看在海川市現任的副市級領導當中，由誰去比較合適？」

金達想了一下，現任的副市級領導中，在海川市有點影響，又熟悉情況的，也就是市委副書記于捷了。儘管金達不願意讓于捷去泰河市，但是放眼海川，除了于捷，也沒有別的人能夠去兼這個市委書記的。

於是金達回說：「呂書記，我想了一下，于捷同志兼任這個職務是比較合適的。」

呂紀看了金達一眼，笑了笑說：「你跟我想到一塊去了，于捷這個同志也許有他的缺點，但在目前這個情況下，他確實是唯一合適的人選。至於其他幹部的配備，你先從海川市考慮，如果確實需要，可以跟省裏說一聲，我會讓省組織部考慮安排一批幹部去泰河市任職的。」

金達點點頭說：「好的呂書記，我回去在常委會上馬上就研究泰河市的幹部問題，等常委會確定下來方案，我再跟您彙報。」

呂紀點點頭說：「行，你們先拿出方案再說吧。金達，這次對你是一次教訓，也是一次經驗。前面做得不好的地方，趕緊糾正，後面可不要再出什麼麻煩了，否則省委恐怕真的要處分你們這些海川市的領導幹部了，知道嗎?!」

金達臉上的肌肉抽搐了一下，呂紀這是給他很嚴厲的警告了，他忙應道：「好好，呂書記，我一定按照您的指示辦理。」

金達趕回海川，馬上就把于捷和孫守義召集起來開會。他先轉達了呂紀的指示，于捷對呂紀想讓他臨時兼任泰河市市委書記的意思，表示他會遵照呂紀書記的指示，穩定好泰河市的局面。

至於班子的其他人員，金達說讓于捷先醞釀一下，然後拿出人選名單，交由常委會討論通過。

由於金達認爲應該暫時放下跟于捷間的恩怨，於是決定放手讓于捷去泰河市做好工作，把確定泰河市班子的權力交給于捷。這是對于捷的一種全力支持。這樣還有一個好處，就是如果泰河市再出什麼問題，于捷就不能把責任推給別人了。

孫守義領會到金達的意思，因此沒有對此提任何的反對意見。另一方面，孫守義這麼做，也有鄧子峰的意思在其中。

泰河市案爆發之初，鄧子峰就打電話來，詢問孫守義情況，孫守義明白鄧子峰的意思是想先落實一下他與這個案件有沒有關聯，因此在彙報相關情況後，先表明了自己與這個案件毫無瓜葛。

鄧子峰說：「那就好，希望你繼續守好本分，不要跟這些行爲沾上邊。」

孫守義說：「這點請省長放心，我能夠守住底線的。」

鄧子峰又交代說：「守義同志，你能這麼說我很高興。現在這個案子是省調查組在辦，需要你配合工作的地方你要積極配合。其他方面你就多尊重金達同志，按照他的指示去辦就好了。」

鄧子峰這麼說，是希望孫守義能夠置身事外，儘量少摻和這個案子。這時候一動不如一靜，不要做出什麼不應該的動作惹人反感。

孫守義點點頭說：「我明白省長，您放心，我會按照您的指示辦的。」

鄧子峰說：「你明白就好。還有，你是市長，查處的事情就交給相關部門去做就好了，你要抓好你的經濟建設工作。你不是在搞什麼推廣花卉種植的項目嗎？把心思多用在項目上去，把項目搞好，搞出成績，這才是你應該做的。說起來，你這個項目搞得怎麼樣了？」

孫守義說：「挺好的，市裏成立了推廣小組，專門在搞這些事。」

鄧子峰又叮嚀說：「你要對項目實際的進展情況有所把握。這是你未來一個階段的工作重點，不要老躲在辦公室裏聽彙報，多下去看看現場的實際情形，這樣你才能對項目有一個全面的瞭解。」

孫守義說：「好的省長，我一定遵照您的指示去辦。」

鄧子峰說：「你可別給我說好聽的，我要看你的實際行動。」

孫守義猜測鄧子峰是想要他遠離風暴中心，專心去處理花卉種植項目的推廣，這樣一方面做了工作，另一方面也避免去招惹一些不必要的麻煩。

孫守義心領神會地說：「省長放心，我會儘快去現場瞭解情況的。」

因此，孫守義雖然覺得金達讓于捷去泰河市兼任市委書記，還讓于捷全權調配泰河市的領導班子是不合適的，卻沒有提出什麼反對意見。

金達跟于捷佈置完泰河市的事情後，孫守義便對金達說：

「金書記，現在海川市推廣花卉種植的項目已經全面展開，這兩天我想去雲山縣實地看看孫濤搞得怎麼樣了。順便去附近的縣市看看這些縣市的進展如何。」

金達眉頭皺了一下，他並不希望孫守義在這時候離開市區，泰河市案餘波未平，調查小組還在海川，孫守義如果留在市區，有什麼突發狀況，兩人也好商量商量。

不過金達也沒有理由去阻止孫守義進行他的正常工作，只好說：「行，老孫，你要下去就下去吧。不過儘快處理好工作，早點回來。」

于捷聽了，卻嘲諷的說：「孫市長真是會挑時間啊，現在市裏都鬧翻天了，正是需要市委班子共同面對的時候，你卻下鄉去躲清閒。」

孫守義不高興地說：「于副書記，這是我的工作職責，你覺得這個時間點下去不好，那你說我該什麼時間下去啊？」

于捷冷哼說：「你該什麼時間下去我不清楚，我只是覺得你選現在這個時間點去很不應該。」

孫守義生氣地說：「我不知道你是什麼意思，我並沒有逃避什麼。我只是下去臨近的縣市，又不是離開海川，有什麼情況我當天就可以趕回來，真不知道你講這些話是何居心。」

金達看兩人又要吵起來了，趕忙阻攔說：「好了，你們倆就別吵了，還嫌海川不夠亂是嗎？」

于捷和孫守義都不講話了。

金達指揮說：「好了，老于，你就負責趕緊挑選泰河市的班子人選，如果覺得海川市沒有合適的人選，就跟省組織部聯繫一下，讓他們調些人過來；老孫，你該下去就下去，花卉種植項目是我們的重點項目，你要把這件事情給抓好。」

第二天，孫守義就去了雲山縣高水鎮，孫濤正在這裏搞花卉種植的示範基地。

孫守義看到孫濤，說：「你現在搞得怎麼樣了啊，孫濤同志？」

孫濤說：「挺好的，我和雲山縣的同志已經在以高水鎮花卉種植的龍頭企業作爲依託，規劃建設花卉種植的產業園區了。」

孫守義說：「帶我去現場看看吧。」

孫濤和雲山縣的領導就帶著孫守義去花卉種植園區的現場，孫守義看到在原來的花卉種植棚架外，又設了一些現代化的棚架。孫濤便跟孫守義一一講述這些新建的棚架使用了什麼新的技術，對花卉種植有什麼好處。

孫守義看孫濤講得頭頭是道，滿意地點點頭說：「孫濤同志，你的工作做得不錯，我很滿意，我看這才是你最擅長的事啊。」

孫濤聽出孫守義是話中有話，意思是他擅長的是這些實務，而不是玩什麼政治手法。孫濤臉紅了一下，說：「市長，有時候，人不栽跟頭是不知道自己究竟有幾斤幾兩的。」

孫守義笑了起來，說：「現在知道也不晚啊。我來之前，金達書記還跟我講，花卉種植是我們海川發展農業的重點項目，要我一定要抓好，所以你知道這件事的重要性了，現在上上下下都在看著你呢，孫濤同志。」

孫濤有些激動的說：「市長，我知道這個機會來之不易，請您放心，我一定會竭盡全力做好這項工作的。」

孫守義看了看孫濤，對孫濤現在的狀態很滿意，就說：「我和金書記都相信你能做好這件事的，好好做吧，只要做出成績來，市裏是不會看不到的。」

緊接著，孫守義又讓孫濤陪他在臨近幾個農業縣市看了看，總體上，推廣情況都有達到預期，讓孫守義感到很滿意，大大表揚了孫濤工作做得不錯。

孫守義離開海川市區，不用去操心泰河市案，看的又是賞心悅目的花花草草，心情格外的輕鬆；然而，待在市區的金達，心情卻是倍感沉重，因爲泰河市案的調查卻有愈來愈擴大的趨勢。

在李天良和馬艮山主政泰河市的這段期間，有不少官員調離泰河市，到其他縣市任職的，這些人竟然跟涉案的官員也有關聯。調查小組很快就從被雙規的官員那裏得到這些官員的違規事證，於是查辦範圍擴大到泰河市以外的縣市，更有蔓延到海川市全境的態勢。

金達看到這種情況，暗自著急，這樣子查下去，恐怕海川市沒幾個好人了，不但會讓人心惶惶，也會讓整個市政工作癱瘓。

但是金達現在的處境因爲李天良的自殺而變得十分尷尬，如果他提出異議，很可能會被人認爲他是在擔心繼續調查下去會查到他的身上，所以才不讓調查小組繼續調查的，因此金達只能急在心裏卻無力阻止。

直到又有一名海川市的局長被雙規之後，金達再也坐不住了。

這位局長金達很熟，是一名很有能力的官員，他被雙規的原因，是收了一名下屬年節送的紅包。因爲那名下屬被雙規，他就被咬了出來。

雖然收紅包也是不應該的行爲，但是情節相對來說是比較輕微的，通常被批評一下，給個行政處分也就過去了。但是在這個風口浪尖上，這個局長卻被雙規，隨即被移交司法部門處理。

金達覺得這有矯枉過正之嫌了，如果再坐視不管的話，被雙規的官員相互牽扯，海川市大部分官員大概都會被抓了。

金達很清楚，很多被雙規的官員並不都是十惡不赦的，許多是環境所迫，情有可原。如果再繼續坐視不管的話，海川市必然會元氣大傷，他決定挺身而出，即使被誤會，也要為海川市的官員們講講話，不能再容忍情勢這麼發展下去。

金達便撥電話給孫守義，說：「老孫，你得回來一下了，我們需要跟省委談談調查小組的事。」

孫守義雖然在下面的縣市調研，也很清楚當前海川的困境，深知無法獨善其身，於是暫停他的調研之旅，回到海川。

見到金達，金達便跟孫守義商量，說想去找呂紀談談，問他要不要一起去。

孫守義在回來的路上已經權衡過利弊，心中早有定見，便毫不猶豫地說：「我也同意您的看法，我陪您去。」

於是兩人就去了齊州，面見省委書記呂紀。

「呂書記，我想請求您撤回調查小組，不能讓他們再這樣子調查下去了。」金達提出抗議。

呂紀聽了金達的話，看了一眼金達，說：「金達同志，你要想清楚你在說什麼。你憑什麼要求撤回調查小組？你要知道我們是有制度的，無論什麼人，只要涉及不法，就一定要追查到底的。」

金達忿忿不平地說：「我知道不應該姑息養奸，但是也要視情況而定啊，有些同志是情有可原的。如果像這樣無限上綱的，不但海川很多部門會垮掉，東海省有些部門也會跟著癱瘓的。我已經想得很清楚。如果確實需要有人來負責的話，我來負這個責好了。」

孫守義也幫腔說：「是啊，如果這樣子下去，我們海川市很多部門都要關門大吉了，我和金書記都覺得今後海川市的工作恐怕很難展開。爲了海川市，我同意金達書記的意見，請求省委撤回調查小組。」

呂紀表情嚴肅地說：「你們倆想的太簡單了，你們以爲我個人就可以決定調查小組的動向了嗎？這是省委的決定，不是我呂紀的決定。」

金達從呂紀臉上看出一絲無奈，看來呂紀也並不是很贊同調查小組這麼大張旗鼓的調查。事實上，雪球滾得越大，對呂紀越是不利。這象徵東海省官場極爲腐敗，呂紀這個省委書記是難辭其咎的。

這也是呂紀的尷尬之處，他這個省委書記始終受制於鄧子峰和孟副省長，很多事都無法完全按照自己的意志行事。

金達猜想，調查小組會如此雷厲風行，很可能是受孟副省長指使的。孟副省長掌控本土勢力，早就視他和海川市爲眼中釘，這次好不容易逮到機會，自然不肯輕易放過。

而東海省的另一個強勢人物鄧子峰，在馬艮山案發後沒有什麼動作，對這個案子也沒講什麼話，一副置身事外的態度，讓金達也猜到孫守義去雲山縣視察，很可能是鄧子峰的授意。

對鄧子峰來說，絕對很樂於看到呂紀和孟副省長兩虎相爭，這樣他這個第三勢力才會有更多的機會。

金達最後乾脆豁出去的說：「呂書記，要不您給我一個機會，讓我向省委領導做個彙報，讓他們知道現在海川市究竟是什麼狀況，然後再考慮是否要撤回調查小組。這樣行嗎？」

呂紀聽了，質疑說：「金達同志，你要跟省委的領導同志怎麼講啊？說因爲擔心打擊面太大，所以要終止調查小組的工作嗎？」

金達被嗆得說不出話來，這些話私下談，勉強可以作爲理由，但是根本就無法放到臺面上說，立時啞口無言了。

孫守義看金達一臉難堪，趕忙說：「可是呂書記，這樣查下去的話，後果很難設想；我和金達同志都是新官上任，對處理這種事沒有經驗，您看我們該如何處理呢？」

呂紀看了孫守義一眼，心說：這傢伙比金達圓滑多了，不愧是從中央部委下來的。金達和這個人搭檔，日後恐怕會吃虧啊。

呂紀想了想說：「你們倆反映的情況我了解了，要怎麼處理我需要再思考一下，你們先回去吧。」

第七章

# 失速列車

傅華張了張嘴，說不出話來。

喬玉甄涉及到的人物層次之高，危險程度之巨，都是他無法想像的。

她此刻的狀況就像已經被綁上了一列高速運行的火車上，這時候她只能被火車帶著繼續前行。

除非她被允許下車，她才能下車。

金達和孫守義離開後，呂紀坐在辦公室裏沉思著。

的確是不宜再放任調查小組繼續這麼搞下去了，必須要儘快將案件的調查範圍限定在海川，儘量減少影響範圍；但是要採用什麼方式才行呢？金達所說的撤回調查小組顯然是行不通的。

在這個案件沒有徹底查清、萬眾矚目的時候，如果省委沒理由的突然把調查小組撤回，肯定會在社會上引起更大的轟動，不但輿論媒體會認爲這是官官相護的行徑，對中紀委的領導也無法交代。

既然調查小組不能撤回來，調查範圍又不能擴大，那就需要想別的辦法了。

呂紀抓起桌上的電話，撥給了鄧子峰。

就像金達要拖上孫守義一樣，呂紀覺得他要處理好這件事，也要拖上鄧子峰作爲同盟才行。這件事背後肯定有孟副省長的影子，如果不找鄧子峰，單獨對抗孟副省長的話，一定難占上風。

鄧子峰接了電話，很快就來到呂紀的辦公室。

呂紀等鄧子峰坐下後，說：「老鄧，剛才金達和孫守義來找我，談了一下泰河市那個案子的情形。唉，這個案子越查越大，涉及範圍越來越廣了。」

鄧子峰聽了，說：「是啊，一個縣級市的市委書記，居然牽涉到這麼多同志，影響十分的惡劣，簡直是一場災難，想想就令人痛心啊。現在下面的一些幹部怎麼會到這種程度啊？買官賣官成爲一種社會風氣，權力成了交易的商品，同志們真是需要好好檢討一下了，不能光是經濟掛帥，也要考慮到幹部操守素質的問題才行。」

呂紀聽出鄧子峰話意似有所指，說的正是金達。

金達在這次馬艮山案件中，確實有些行爲值得商榷。最起碼他處理李天良措施就是失當的。更多人懷疑沒查獲到的贓款是金達拿走的。

這個猜測雖然沒有證據支持，卻很有力，做爲海川市的市委書記，金達在人事安排上擁有絕對的權力。試問如果一個人要送錢買官，他不送給擁有對官職任命擁有絕對權力的人，還會送給誰啊？傻瓜也知道答案是什麼。偏偏金達又洗不清自己的嫌疑，讓這種傳言更是甚囂塵上。

這種狀況下，呂紀就是想爲金達辯護，也沒有什麼強而有力的說辭，還不如避開這個問題比較好。於是呂紀便笑了笑說：

「是啊，有些同志確實需要檢討一下，居然沒發現馬艮山這個人有問題，這究竟是制度上的缺失，還是我們的幹部考察任命制度太流於形式了?!」

呂紀這句話表面上是順著鄧子峰的話說，但是引申出來的意思，卻是馬艮山的任命是集體研究的結果，巧妙地規避了是金達一個人的責任。

鄧子峰自然聽出呂紀話中的意思，他沒有去反駁呂紀，畢竟在這個案子上，他跟呂紀應該算是同一陣線的。正如呂紀想要維護金達，鄧子峰也想要維護孫守義，他希望能一定程度上打擊金達，又能維護好孫守義，好爲將來孫守義的出頭做適當的佈局。

鄧子峰看得很清楚，金達想要在這個案子中全身而退，一點不受處分，顯然是不可能的。這是一個打擊呂紀和金達勢力的大好機會。但是他對呂紀和金達的打擊又不能太過，那樣就給了孟副省長漁翁得利的機會了。相較起呂紀和金達，孟副省長的危險程度更大。

鑒於這種微妙的關係，三個人實際上都很謹慎的在處理彼此間的關係，深怕一著不慎，逼使另外兩方結成聯盟來對付自己。一旦他們的平衡被打破，被對付的那一方馬上就會成爲弱勢，有被擠出局的危險。

這也就是爲什麼鄧子峰幾次三番的邀傅華來幫他的原因，他需要一個可以信賴的人在身邊運籌帷幄，即使這個人的級別不是很高，但是能夠幫他及時瞭解東海政壇有什麼異動，好讓他預先做好應對的準備。

鄧子峰說：「呂書記，我想我們的制度設計是很完善的，只是在執行過程中，難免有些同志會礙於面子，放鬆審查的標準。中國人做什麼都愛講人情世故，所以也不能都怪負責審查的同志，要怪，也只能怪涉案的那些傢伙自己了。」

呂紀笑了笑說：「是啊，老鄧，我們的幹部也不是活在空氣中，會受客觀環境影響的。這也是我找你來的原因，我覺得對這起弊案的涉案人員要依實際情形分析，不能對所有的同志一概而論。」

鄧子峰看了呂紀一眼，說：「呂書記，您的意思是？」

呂紀說：「馬艮山一案現在有擴大的趨勢，老鄧，你也知道，這個案子涉及的官員已經不少了，如果再擴大下去的話，你我臉上也是無光。畢竟犯罪分子抓得再多，也不能算是政績吧。」

鄧子峰點點頭說：「是的，我也是這樣子認爲，如果一直這樣抓人的話，就沒什麼人工作了。」

呂紀便說：「我考慮了一下，你看是不是這樣，讓調查小組對已經發現問題的同志繼續追查下去，其他的就不要擴大範圍了?!同時，對一些處於灰色地帶的幹部，我認爲應該要多保護，畢竟我們培養一個幹部也不容易的。」

鄧子峰思考了一下，說：「我贊同你的意見。這樣有利於幹部隊伍的穩定，也有利於海川市正常工作的進行。」

呂紀高興地說：「老鄧，看來我們想到一起去了，真是不謀而合啊。你看是不是這樣，你在常委會上提出來，讓大家討論一下。」

鄧子峰心想：什麼不謀而合啊，明明都是你的主意，偏偏要拉我下水。鄧子峰瞄了呂紀一眼，看呂紀一臉的期待，心說讓你欠我一個人情也好，就笑笑說：「行啊，那就由我把這件事情提交常委會討論一下吧。」

於是在呂紀支持召開的省委常委會上，討論完幾個預定的議題之後，當呂紀問常委們還有沒有別的提議時，鄧子峰便說：

「呂書記，我有件事要說一下，是關於省委調查小組的事。東海省一下子查出這麼多貪腐分子，似乎表明我們東海省的幹部存在著很大的問題，這對我們造成了十分惡劣的影響，所以是不是該控制一下調查小組的調查範圍，不要再這麼無限的擴大下去了?!」

呂紀也順勢說：「是啊，老鄧說的很有道理，我們不得不考慮一下控制查案的範圍，儘量消除這件案子對我們東海省的影響，不要東海省的GDP沒排全國第一，問題卻成全國第一了。」

呂紀就看了看其他的常委，說：「大家討論一下吧，說說你們的看法。」

孟副省長在一旁冷眼看著呂紀和鄧子峰一唱一和的，心中暗自好笑，這次調查小組已經對呂紀和金達造成了很大的打擊，他對這個結果很滿意，也該到了適可而止的時候了。

於是孟副省長笑了笑說：「我贊同呂書記和鄧省長的意見。我們是該反貪腐，但是也要考慮海川市班子的穩定，所以我同意鄧省長的建議。」

三大巨頭都同意了，其他常委也就沒有反對的必要了，於是決定讓調查小組的調查工作限定在已經查出來的犯罪事實範圍之內，不可再把範圍擴大下去。

常委會開過之後，鍾組長就被叫回省委彙報工作，這一彙報就沒再回來。省委另派一名姓白的處長出任調查小組的組長。他到任之後，一改鍾組長的作風，不再抓住每個可能的線索窮追不放，而是集中力量，鎖定幾個已經發現重大弊端的官員。

調查範圍由此開始收縮，終於不再向外無限擴大，許多官員暗嘆總算是逃過一劫了。

就在這種氛圍之下，氮肥廠地塊的招標揭標了，由於鑫通集團在最後的階段宣布放棄爭取得標，城邑集團再無對手，毫不意外地得標了。

束濤感到十分的欣喜，這是幾年來城邑集團在海川大的項目爭奪戰中，首次有所斬獲。束濤將之視爲是城邑集團在海川翻身的一場戰役，就想大肆慶祝一番，而他首選一起慶祝的對象，自然是對他幫助很大的海川市市長孫守義了。

孫守義接到束濤的電話，立即恭賀他終於如願以償了。

束濤笑笑說：「我能得償所願都要感謝市長您，不是您出手相助，這個地塊我們城邑集團恐怕是拿不到的。」

孫守義笑笑說：「束董，千萬不要這麼說，城邑集團能夠得標是因爲你和城邑集團的努力，和我可沒什麼關係的。」

束濤趕忙說：「市長謙虛了，您的恩情我可是銘記在心的，您什麼時間有空？我們聚一聚吧，爲這次得標慶祝一下。」

孫守義立即謝絕說：「束董啊，現在海川什麼形勢你不知道嗎？這時候你拉我出去慶祝，想害死我啊？」

因爲馬艮山案的影響，這段時間海川政壇氣氛十分的沉悶，人人都是謹小慎微，生怕做錯什麼被人揪住不放，孫守義自然不想給別人留下把柄，因此一口回絕了束濤。

束濤聽了說：「市長，現在那件事不是告一個段落了？我們可以離開海川，去別的地方高興一下，正好可以去去這段時間的晦氣。」

孫守義說：「束董，你不要以爲調查小組的工作告一段落，好像就可以輕鬆了。你錯了，調查小組的工作與你我有什麼關係？它結不結束對我們沒什麼影響。反倒是你剛拿到氮肥廠地塊，這次競標受挫的人肯定心中有很大的怨氣，你想，這時候你和我如果被人看到在一起喝酒慶祝，那些人會做何反應啊？」

束濤想想也是，爲了這個氮肥廠地塊，他和孫守義得罪了很多人，鑫通集團的都承安雖然退出了競爭，但他心中肯定是很不服氣的，誰知道會不會在背後搞什麼小動作呢？

還有那個曲志霞，想到這個女人，束濤心中就是一凜。這段時間他在一些場合碰到曲志霞時，她看他的眼神就帶著恨意，看來也是不好惹的。

有這麼多對手在背後伺機報復，確實讓人無法心安，於是東濤說：「看來這件事我確實欠考慮了，那就以後等機會再說吧。」

孫守義叮嚀說：「東董，你也不要老記著這件事，讓你得標，是我和金達書記想要扶持本地經濟的一種心願，能夠既建設好海川市，又能讓本地企業得到發展，這是一種雙贏的做法，所以你不用想要怎麼報答我們，只要把項目給建設好，就是最好的答謝了。明白嗎？」

東濤感激地說：「我明白，市長，我真沒想到您和金書記是這麼大胸懷的人，我真是很羞愧啊。」

孫守義笑了起來，說：「好啦，東董，別說得這麼煽情，說到底，我們這麼做也是爲了各自的利益。所以你不用有太多的想法，我也從這件事情中得到好處了啊。」

束濤聽了，示好地說：「市長，您這話說的真是太實在了。我這個人就喜歡跟實在的人做朋友。」

孫守義笑說：「好了，別囉嗦了，我還要準備去香港招商的東西呢，掛啦。」

掛了電話後，孫守義開始翻看去香港招商的資料，他打算跑一趟香港，搞一次海川招商推廣周。這也是因爲呂鑫一再的邀請，他說他跟香港不少的朋友都介紹過海川，他們對海川都渴望有更深的瞭解，所以希望孫守義能儘快安排到訪香港。

孫守義就把呂鑫邀請他去香港招商這件事跟金達報告，金達對這件事十分重視，認爲這對發展海川經濟是很有利的。香港是內地經濟接觸西方最便捷的窗口，作爲一個有抱負的地方首長，金達自然不想放棄這塊陣地。現在又有港商邀請，大好的機會怎麼可以放過？自然要去。

至於孫守義擔心呂鑫的背景複雜的問題，金達倒是看得很輕鬆，說：「自古英雄不問出處，你管他曾經幹過什麼啊？香港這個地方本來就很複雜，商人又不是聖人，你如果因爲這個就拒絕的話，那海川市就不用招商了。」

他又請示了鄧子峰，鄧子峰對此亦不反對，只是提醒他私下儘量少跟呂鑫接觸就好，既然金達支持，鄧子峰也不反對，孫守義就決定去香港搞一次招商活動。

這次的招商推廣活動爲期六天，爲了在這麼短的時間內取得最好的效益，孫守義和市政府人員召開多次會議，進行了充分的準備。

代表團中也包括副市長何飛軍，何飛軍分管工業，是招商的重頭戲；傅華也在代表團名單內，本來傅華是可以不去的，他本人也沒有要去的意願，但是呂鑫專門邀請了他，市政府經過考慮，覺得掃了呂鑫的面子不好，便決定讓傅華跟著去一趟。

與此同時，傅華正坐在辦公室裏發呆呢。

這次馬艮山的案子雖然沒有牽涉到駐京辦和傅華，但是傅華在給曲煒做秘書時認識的兩個不錯的朋友卻被有關部門採取了強制措施。

傅華會知道這個情況，是因爲那兩位朋友的妻子打電話來，想要問傅華能不能幫忙向領導說說情。這兩個人當初也是很憂國憂民的，他們三人經常聚在一起對海川政局高談闊論，只是那些慷慨激昂的話言猶在耳，這兩個人卻因爲受賄而被雙規了，真是有些諷刺。

傅華自然是毫無辦法，只能儘量安慰這兩位心急如焚的妻子，因而心情大受影響。

正在這時，喬玉甄推門走了進來，說：「傅華，我怎麼聽呂先生說你要去香港？」

傅華點點頭，說：「是的，因爲呂先生大力邀請，海川市準備組成一個經貿代表團，去香港進行招商推廣活動，呂先生也邀請了我，所以我也會去香港。」

喬玉甄聽傅華說話聲音有點低沉，臉上也是一副怏怏不樂的樣子，就說：「傅華，怎麼了，你好像並不歡迎我啊？」

傅華苦笑了一下，說：「你別多心，我不是不歡迎你。而是我剛才接了一個電話，最近我們海川大規模的反貪腐，把我在海川兩位挺好的朋友給抓了，他們的妻子央求我把他們救出來，我幫不上忙，所以心情有點低落。」

喬玉甄說：「原來是這樣子啊。誒，你該不會受這兩位朋友的牽連吧？」

傅華搖搖頭說：「我沒事，只是當年我在海川工作的時候，這兩個人跟我的關係不錯，也都是挺好的人，沒想到會淪落到這樣。」

喬玉甄聽了說：「貪腐的人也不都是壞人，他們只是管不住自己的貪心，手伸到不該伸的地方去了。像文欣家就是這個樣子。」

傅華說：「這倒也是。誒，你來問我去香港的事，是有什麼事情需要我幫你辦的嗎？」

喬玉甄笑了起來，說：「不是，我在香港有一大堆的朋友，什麼事一個電話就處理了。我跟你說這個，是想問你，你去香港，要不要我這個香港人陪你玩幾天啊？」

傅華說：「我是去工作，你以為我是去玩啊。其實香港真是沒什麼好玩的，那個城市太擁擠，給人一種很壓抑的感覺。唯一我覺得不錯的是維多利亞港的夜景，只有晚上燈火通明的時候，你才能感受到香港這個國際大都市的魅力。」

喬玉甄笑說：「是啊，我也覺得維多利亞港的夜景美不勝收，置身其中，會有一種渾然忘我的感覺。要不我去陪你看看維多利亞的夜景？」

傅華心想：如果身邊有喬玉甄這麼一個漂亮的美女作陪，孫守義那些市領導會怎麼看他啊？便說：「我哪敢勞駕你啊。誒，你讓湯少幫你收購的公司怎麼樣了？」

喬玉甄警惕的看了傅華一眼，說：「你問這個幹什麼，湯言跟你談過這件事了？」

傅華看喬玉甄緊張的樣子，知道踩到喬玉甄的地雷了，就趕忙擺擺手說：「你千萬別緊張，湯少並沒有跟我談這件事，那次我們不是正好遇到嗎？所以我隨口一問罷了。」

喬玉甄歉意地說：「你別怪我啊，傅華，這件事牽涉到很多商業方面的秘密，我不方便跟你談什麼。」

以商業秘密作爲理由，傅華覺得合情合理，商場有時候是必須嚴防保密的，傅華便笑說：「我怪你幹嘛啊，我那只不過是隨口一問，並沒有要從你那裏探究什麼的意思。」

喬玉甄這才放心說：「好，算我多心了。誒，你這次的香港之行真的不需要我幫你做點什麼嗎？」

傅華笑笑說：「不用了，這次的行程，呂先生都安排好了。」

喬玉甄說：「那可不一定啊，有些私人的行程，呂先生不一定會幫你注意到的。」

傅華笑說：「什麼私人的行程啊，跟你說了，我這一次是公務。」

喬玉甄反問：「不可能一個禮拜都忙公務吧？總會有點私人的行程，比方說去拜拜黃大仙，或者約個飯局，見見那些女明星什麼的。」

傅華不禁笑了，說：「什麼和什麼啊，我又不信那個，去拜他做什麼啊？再說，約飯局見女明星我可沒那種愛好。」

喬玉甄取笑說：「你這個人啊，有點浪漫情調好不好。誒，不說這個了，我問你，通匯集團持有的海川大廈股份賣出去了沒有啊？」

傅華搖搖頭，說：「沒有，那個不是那麼好賣的。」

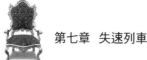

喬玉甄聽了說：「我也覺得不是那麼好賣。其實趙董何必那麼固執呢，不過是一筆生意嘛，想那麼多幹什麼，要不你再跟他說說看，我還有興趣的，只要他同意，隨時可以按照原來的條件簽約。」

傅華說：「小喬，你不懂我前岳父那個人，他決定的事，向來不會更改的；再說他是不願意賺這種錢。」

喬玉甄的臉色沉了下來，說：「傅華，我就不愛聽你說這種話，什麼叫這種錢，一個願買一個願賣，這種錢又不違法，爲什麼不賺啊？」

傅華正色說：「你別自欺欺人了，違不違法，你心裏比我清楚。」

喬玉甄不禁埋怨道：「你又來了，又拿出這種道德嘴臉來跟我說教了。」

傅華也覺得自己有些可笑，不過，他還是覺得應該奉勸喬玉甄幾句，便說：「小喬，你的錢也賺夠了，何必再玩這種高風險的遊戲呢？一個玩不好，可是要把自己賠進去的，搞點正經的生意不行嗎？」

喬玉甄說：「傅華，你是不是想跟我說什麼懸崖勒馬、放下屠刀之類的廢話啊？我跟你說，那些都是騙人的。許多事並不是我一個人能夠決定的，事實上，我只是整個運作中的一環而已，你明白我的意思嗎？」

傅華看了喬玉甄一眼，說：「你的意思是，你只不過是其中的一部分而已，還是被支配的那一部分，主事的實際上另有其人？」

喬玉甄欲言又止地說：「傅華，我不能再跟你說下去了，我今天的話已經有點多了，你不要再問我了，再問下去，對誰都沒好處的。」

喬玉甄這是在暗示她只不過是被人操縱的一個出頭露面的人而已，她做的事其實是有強勢人物在幕後操縱的，而賺取的財富也不是她一人獨享。

傅華震驚了，他明白這些幕後藏鏡人還真不是他能亂招惹的，便理智的按下好奇心，說：「行了，我不往下問就是了。不過小喬，你這樣下去，可是很危險的。」

喬玉甄感動地說：「謝謝你傅華，我知道你是真心關心我，我也知道很危險，不過除了繼續，我還能有別的選擇嗎？」

傅華張了張嘴，說不出話來。喬玉甄涉及到的人物層次之高，危險程度之巨，都是他無法想像的。她此刻的狀況就像已經被綁上了一列高速運行的火車上，這時候她只能被火車帶著繼續前行。除非她被允許下車，她才能下車。

喬玉甄看傅華發愣的表情，就說：「你也清楚我沒有別的選擇是吧？你也不用爲我擔心，這就是一個人註定的命運。」

傅華心情沉重地說：「可是你知道這種命運最終意味著什麼。」

喬玉甄笑笑說：「傅華，你別咒我好不好？也別這麼老套行嗎，人生並不是電視劇，做了壞事的人不一定就會有不好的結局的。你聽說過泰國的白龍王嗎？」

傅華點點頭，說：「我聽說過，據說是一個很靈驗的大師。怎麼，你該不是被他摸過頂，測過吉凶吧？」

這個白龍王，據說是泰國籍的潮州人，中文名叫周欽南，在香港擁有眾多信徒，在很早之前，他就有著泰國活神仙的稱號。

白龍王身世來歷有多個傳說。有人說他以前是個電器維修師父，也有人說他是修車的，總之並非出自大富之家。某天他突然發覺自己是白龍王托世，於是每逢週末假日替人看相講吉凶。本來鋪頭只是一間草屋，但因幫過一個富商得到大筆捐獻，便蓋了間白龍王廟。

而他的名聲更加為人所知，是香港娛樂圈許多人都因為他的指點，事業更上一層樓，不少藝人都對他讚不絕口，紛紛為他宣傳。

據說白龍王十分靈驗，摸一摸人的頭頂便可道出這個人的過去未來，甚至可以替你趨吉避凶。香港娛樂圈許多大明星都向他求教，十分靈驗，後來一傳十，十傳百，因此不少善男信女相繼組團專程拜訪，希望白龍王為他們指點迷津。

喬玉甄說：「對啊，我曾經被他摸過頂測過吉凶。誒，看來你對他挺熟悉的，不會是你也去見過他吧？」

傅華笑說：「那倒沒有，我知道他，是因爲一個朋友去泰國的白龍廟見過他，被他摸頂算過命，說十分的靈驗，回來之後，幾次想拖我一起去拜望他，不過都被我拒絕了。」

喬玉甄惋惜地說：「爲什麼不去啊，你真是不知道你錯過了什麼。」

傅華看喬玉甄一副篤信的樣子，好奇地說：「他真有那麼神?讓你這麼相信他。」

喬玉甄認真的說：「他老人家真是很神，我那次去，是想問問我下一步該怎麼做。那時候我發現參與的事情越來越大，十分不安，正好朋友推薦了白龍王，我就專程去泰國求見，很幸運地，他願意接見我。」

事實上，要見白龍王是有一套程序的，先在門口領好了號碼牌，進了白龍王廟後，依序向白龍王神像以及如來佛、白龍王公、八仙、天神、財神等諸神明上香，總共十七支，參拜時一邊心中默念姓名、生日、生肖、住址及想問的事，稟告來意及請求指引。

上完香後，再等大約十五分鐘，再到領號碼的櫃檯報到，櫃檯人員會問你生肖、農曆的生日，某些無緣之人會在此刻被刪除，由廟方委婉告知不適合的理由，請求問者下次再來。

傅華插話說：「還真有人被拒絕啊?」

喬玉甄笑了笑說：「當然了，我親眼見到有人就被拒絕接見，失望而回的。白龍王對這一點要求很嚴。據說梁朝偉帶劉嘉玲去見他，他說劉嘉玲跟他無緣，就只見了梁朝偉。」

傅華不禁好笑：「還有這麼多講究啊。那他都跟你說了什麼，讓你感覺他這麼靈驗？」

喬玉甄笑笑說：「白龍王開示的時候，一身白衫白褲，坐在那裏雙眼緊閉、面帶微笑，用簡短的話語對信眾疑惑開示，並不時以長菩草當頭棒喝，拍打信徒的頭，就像一個老神仙一樣。一見面，他就摸著我的頭頂，然後說：你什麼都不用講，你的煩惱我都知道，這些都是你命中註定要承受的。」

「真的假的？他真的這麼跟你說的？」傅華詫異地說。

喬玉甄笑說：「當然是真的了。傅華，別說你不相信，就是我當時也是愣在那裏了。他還說我這個人福緣深厚，這輩子不會有大的災禍，但是，我會遇到一場牢獄之災，那時讓我煩惱的這些冤親債主就會離開我身邊了，我自然就會解脫了。」

「牢獄之災，這不是很嚴重嗎？」傅華擔心地說。

喬玉甄不以為意地說：「白龍王說那是我命中該承受的磨難，但是這點苦並不大，時間也不長，很快就會過去的。這是我必須經歷的，避無可避，這就是我的命運，只能承受。當時他還打了一個比方，說命運就像每天的日月升沉，是自然的規律，沒有人能夠阻止日月升沉，換句話說，也沒有人能夠改變自己的命運。」

傅華不禁問道：「這麼說，你就是在等註定的牢獄之災的到來了？」

喬玉甄白了眼傅華，說：「這話叫你說的怎麼這麼不入耳啊？我不是在等著牢獄之災，我只是順從命運中註定的事。既然命運無法改變，那我還是選擇快樂的面對。要不你跟我說，我該如何面對這一切呢？」

傅華一時間也說不出什麼高見。隨著年齡的增長，他也越來越感覺冥冥中似乎真的有一隻無形的手，在調整著他的人生。

他不由得想到當初他在來駐京辦前巧遇的那位老者，當時他告訴他：機會之門將為他打開，他會經歷人生中從未經歷的事，權力、財富、美色都會一一呈現在他面前，一切就要看他想要的是什麼。成佛成魔皆在一念之間。

老人說的基本上都算是實現了，他經歷過高興、痛苦、興奮、沮喪，甚至一度在死亡邊緣掙扎過。難道人生真的是按照上蒼幫你編好的劇本在走嗎?傅華心頭一陣茫然，找不到這個問題的答案。

第八章

# 香港招商

招商會正式開幕，呂鑫充分展示了他的人脈和影響力，
到會的人數遠遠超過預計，讓孫守義十分有面子。
孫守義在呂鑫的引薦下，先後跟三十多家客商進行了接觸，
初步有五個上億美金的項目有意想要在海川投資。

「傅華，你發什麼呆啊？怎麼不回答我的問題啊？」喬玉甄問道。

傅華從恍惚中被叫醒，笑了笑說：「不好意思，剛剛走神了。是啊，你說得對，如果命運無法改變，也許快樂的接受是最好的辦法。不過，你怎麼能確信這場牢獄之災不是一場大的災難呢？」

喬玉甄笑了起來，說：「傅華，這個我不擔心。一來我相信白龍王的預測不會不準；二來，我也相信我那些朋友一定不會對我坐視不管的。」

傅華質疑說：「小喬，你別忘了，你跟這些人只是利益上的關係，出事的時候還想他們能夠救你，你太有自信了吧？」

喬玉甄信心十足地說：「我就是有這個自信。我跟你說個笑話吧。有一位領導出了事，被判刑進了監獄。兒子去看他，問他爸爸要怎麼辦。爸爸說：『你不用發愁，你去找某某，就說我讓你找他幫忙，他就會幫你解決困難了。』兒子質疑地問：『爸爸，你現在是階下囚了，怎麼能確定對方一定會幫忙呢？』那位領導對兒子說：『你放心好了，他不敢不辦的。以前爸爸在外面，讓別人幹什麼，別人就得幹什麼；現在爸爸在監獄，要誰跟著進來，誰也得跟著進來。你告訴他：他不想進來的話，就要盡力幫我的忙。』傅華，這樣你明白我的武器是什麼了吧？」

傅華明白喬玉甄的意思了。喬玉甄雖然是被支配的角色，但是她參與了很多機密的事，那些機密便是她保命的籌碼了。

傅華這才放心地說：「小喬，我不得不承認你確實是個很有智慧的女人。」

喬玉甄笑了笑，自信的說：「那當然，我如果不是這麼能幹，這麼有智慧，那些人又怎麼肯讓我陪他們玩呢?!」

香港。

晚上十一點，酒店房間內。

孫守義站在窗前，望著窗外燈火通明的維多利亞港，傅華則坐在房間的沙發上。

孫守義帶著經貿代表團今天抵達了香港，稍事休息後，呂鑫設宴宴請他們。

由於第二天招商會就要開始，孫守義他們又坐了幾個小時的飛機，鞍馬勞頓，所以呂鑫只是象徵性的為他們接了風，沒怎麼喝酒就送他們回酒店休息了。

回到酒店房間，孫守義有些興奮，也有些擔心明天的招商活動能否順利舉行，睡不著，就讓傅華過來陪他聊天。

孫守義讚嘆道：「傅華，不得不承認香港就是繁華啊。小小的彈丸之地，居然蘊藏著這麼強的經濟實力。」

傅華笑說：「香港號稱全世界最自由的經濟港，政府儘量採取不干預的政策，所以經濟才會發展的這麼好。不說別的，就說註冊一家公司吧，香港門檻極低，當天就能辦好，而內地的工商部門則是諸多爲難，註冊一家公司最少要半個月的時間。開一家公司都這麼難，不但打擊了創業者的熱情，也不利於社會經濟的發展。」

孫守義認同地說：「這確實是一個極待解決的問題，就說這次呂先生和丁益他們搞的舊城改造項目，一個項目要蓋幾十個章，簡直是折磨人。」

傅華說：「蓋章是可以要錢的，不但政府部門雁過拔毛，經辦人員也在借機勒索，官員的灰色收入就是由此而來的。」

孫守義感慨說：「不該伸的手還是不能伸，你看這次馬艮山的案子，多少官員因爲伸錯手而身陷囹圄啊？官員一旦做了貪腐的事，總有一天會承擔責任的。」

傅華聽了，忍不住說：「不過原本漏網的魚更多吧？我聽說您和金書記到省裏向呂書記要求將調查停下來的。」

孫守義說：「你的消息挺靈通的啊，居然連我和金達書記去省裏要求停止調查都知道。不過你要明白一點，我和金書記這麼要求，並不是我們要包庇不法，而是繼續查下去的話，海川政局一定會動盪不安的，爲了海川，我和金書記是不得不這麼做，反正案子的真相已經弄清楚了。」

傅華說：「市長，我不是要去責備誰，只是我無法認同您說的真相已經查清楚這個說法，這個案子中最關鍵的那兩百萬找到了嗎？還沒找到就把案子停下來，這能讓老百姓不懷疑嗎？」

孫守義反問傅華：「傅華，你是懷疑什麼？難道你在懷疑金書記嗎？」

傅華說：「市長，並不是我在懷疑什麼，而是外面的人在懷疑什麼。我相信金書記的爲人，知道他不會做這種事，不過外面的人卻不一定相信他。現在私下對金書記的議論很多，對海川市委市政府的影響十分惡劣。」

孫守義不想再談這個話題，就說：「我相信金書記是清白的，至於外面的人說什麼我們就不要管了，還是想想眼下的招商活動吧，不知道明天會有多少人來參加我們的推廣會。」

傅華說：「這個您就放寬心吧，呂先生在香港也是很有影響力的人，他策劃的活動很多人要給面子的，明天來的人肯定不會少的。」

孫守義擔憂地說：「來不少人也沒用啊，要看最後能不能跟我們海川達成合作才行。我想要的是實際可利用的資金，而非僅僅是合同上的資金。我可不想玩那種虛晃一招的東西。」

孫守義的意思是，所謂合同上的資金，是很多官員在招商中玩的一種文字遊戲，是一種吹噓政績的作假手法。很多投資方在草簽投資合同後，卻不一定真的會把資金投進來。

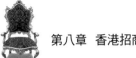

也常會出現合同資金和實際資金相差百倍，甚至更多的滑稽事情。

傅華聽了說：「能拿到多少資金現在就不好說了，不過，既來之則安之，這時候擔心也沒有用。」

孫守義說：「這倒是。」

傅華又說：「市長，有件事我需要跟您報告，您恐怕要多注意一下何飛軍何副市長。」

孫守義眉頭皺了起來，他現在對何飛軍心有芥蒂，所以很不想提起何飛軍的名字。他看了傅華一眼，說：「何飛軍怎麼了？爲什麼要我多注意他啊？」

傅華說：「您沒看他今天在接風宴上跟呂先生的那個親近勁，您也知道呂先生是做什麼行業的，您要小心不要讓何飛軍玩出火來。」

孫守義無奈地說：「這個何飛軍啊，這次我其實並不想帶他來的。可是他是分管工業的副市長，不帶他來解釋不過去。好吧，我儘量看緊他就是了。」

孫守義嘆了口氣說：「傅華，我現在的壓力很大啊。馬艮山的案子雖然跟我扯不上什麼關係，但是那麼一大批官員被抓，嚴重的打擊了幹部們的士氣，現在海川政壇死氣沉沉的，大夥兒做什麼都沒勁頭。我這個新市長遇到這樣一個開局，也是夠倒楣的啦。」

孫守義說的一點也不假，不過要扭轉這個局面也沒有什麼能夠馬上見效的特效藥，傅華只好安慰說：「市長，慢慢來吧，您也別心急，等過了這段時間，形勢就會慢慢扭轉過來的。」

提到眼前的困境，孫守義就有點意興闌珊了，他看了看錶，說：「很晚了，傅華，回去休息吧，明天有我們忙的了。」

兩人便結束了談話，傅華回房間休息去了。

第二天，招商會正式開幕，呂鑫充分展示了他的人脈和影響力，到會的企業和人數遠遠超過預計規模，讓在臺上致辭的孫守義十分有面子。

六天下來，孫守義等人在呂鑫的引薦下，先後跟三十多家客商進行了接觸，初步有五個上億美金的項目有意想要在海川投資。再加上幾個原本在招商會前就洽談得差不多的投資項目，這次招商會算是成果豐碩，孫守義看成績可以交差了，心情顯得很是愉快。

最後一天晚上，孫守義舉行了一場答謝宴，專門請呂鑫和幾位幫了大忙的香港友人，一方面宣告這次的招商會正式結束。

因爲招商取得了豐碩的成果，賓主都很盡興。

宴會結束時，呂鑫對孫守義說：「孫市長，你們也忙活了六天，該是放鬆一下的時候了，您知道我有一條賭船，我想邀請您和您的代表團上船去玩玩，盡盡地主之誼，怎麼樣，給我個面子吧？」

呂鑫這個邀請並沒什麼別的用意，他的賭船常有不少內地官員上去玩。但是聽在孫守義的耳裏，意味就有了很大的不同。他是海川市長，是這次代表團的團長，如果把團員帶上賭船，傳出去，他可是無法跟上級交代的。

因此孫守義禮貌地拒絕說：「呂先生，這一次得您大力相助，我們才會有這麼豐碩的成果，您邀請我們上賭船玩，是一片好意。但是我不得不拒絕您，實在是很抱歉。」

呂鑫對他的拒絕並不意外，笑笑說：「那我就不強人所難了。」

宴會結束，孫守義和何飛軍等人送呂鑫和香港朋友離開後，一起返回房間。

在電梯裏，何飛軍忍不住對孫守義說：「市長啊，您拒絕呂先生是有點過分小心了，同志們忙活了六天，放鬆一下也是應該的，而且官員也不是不能進賭場啊，就算我們去了也沒什麼的。」

孫守義看了何飛軍一眼，對何飛軍用這種語氣跟他說話感覺很不舒服。

何飛軍在晚宴上爲了跟呂鑫套交情，喝了不少的酒，滿臉紅彤彤的，大概是酒精作怪，居然敢質疑起他這個頂頭上司來了。

孫守義想要訓斥何飛軍幾句，但是電梯裏還有其他成員，怕會讓何飛軍沒面子。於是他沒好氣的瞪了何飛軍一眼，勉強把訓斥的話壓了下去。

然而何飛軍沒有注意到孫守義的不滿，依舊叨唸著說該去賭場，搞得孫守義不勝其煩，滿肚子火。幸好電梯上升的時間不長，孫守義勉強壓住了火氣，沒有在電梯裏衝著何飛軍發作起來。

隔天，何飛軍酒醒了，見了孫守義，立即跟孫守義道歉，說他昨天喝多了，說了一些不該說的話。

孫守義看了看他，注意到何飛軍臉色顯得十分的疲憊，似乎強忍著才沒打出哈欠來。

孫守義心中有些納悶，從昨晚酒宴結束到現在最少有七八個小時了，按說何飛軍應該恢復了精神才對。爲什麼還顯得這麼疲憊呢？難道說他昨晚又去了哪裡?!

孫守義盯著何飛軍的眼睛，問：「老何啊，你昨晚做什麼了，怎麼睏成這個樣子啊？」

何飛軍眼中閃過一絲慌亂，隨即應聲說：「市長，我這個人睡覺挑床，一向睡不慣酒店的床，所以昨晚失眠了，現在正難受著呢。」

孫守義並不相信何飛軍的鬼話，不過他的懷疑沒有證據，也無法深究下去，就說：「你睏就回去房間休息，反正今天沒什麼正式的活動行程。」

由於來港的主要任務都完成了，最後這一天，孫守義就放代表團的假，方便團員們去買點伴手禮帶回去。

何飛軍訴苦說：「我哪敢休息啊，市長。我還肩負著重要的任務呢！」

孫守義愣了一下，問道：「什麼重要任務啊？」

何飛軍苦笑說：「顧明麗說我來一趟香港不容易，列了長長一大張購物單讓我採買，我今天是沒時間休息了。」

何飛軍又說：「誒，市長，您不去購物嗎？趁著這次來香港，您可以給您的夫人買點禮物什麼的。」

孫守義搖搖頭說：「我就不去了，一來我沒逛街這種習慣，二來我也不知道該買什麼。」

實際上，劉麗華是想要他買幾件東西回去的，但是孫守義擔心他如果買了禮物，這些禮物日後出現在劉麗華身上，就會暴露出他跟劉麗華的關係了，因此雖然劉麗華很不高興，但是孫守義還是毫不容情的加以拒絕了。

於是代表團的人便分頭行動，各自採買禮物去了。

就連傅華也沒閒著，他買了幾樣玩具，準備帶給傅瑾和傅昭；又給趙凱、趙婷和鄭莉分別買了適合的禮物。

孫守義反而是唯一在酒店沒有出去的人，正在百無聊賴之際，電話響了起來，看號碼是束濤的，孫守義接通了，開玩笑說：「束董，你就不能讓我清閒一下，我都到香港來了，你的電話還能追過來。」

束濤的口氣卻很嚴肅，說：「不好意思啊，市長，我也不想打攪您的，只是突然出現了一點小狀況，需要跟您說一下。」

孫守義心中有些不好的預感，能讓束濤特地打越洋電話來，語氣又這麼嚴肅，恐怕是什麼事情危及到他們，他的語氣也嚴肅了起來，說：「什麼狀況啊？」

束濤說：「市長，我剛聽說海川市國土局一個副處長被雙規了，他可能會把我給牽涉進去。」

孫守義愣了一下，說：「把你給牽涉進去？為什麼啊？」

束濤說：「因為氮肥廠地塊的事，這個副處長所在的處，是個很關鍵的部門，為了讓城邑集團順利得標，所以我禮貌性的送了他十萬塊。」

氮肥廠地塊競標結果剛出來，束濤就馬上出問題了，這也太巧了吧？孫守義不禁說道：「束董，你才得標幾天啊，怎麼會這麼快就被人舉報了？你那邊是不是出了什麼問題了？」

束濤說：「我做事向來很謹慎的，絕不會出現什麼舉報的證據。目前我查到他被雙規的原因，是因為另一個地塊他收了競標者的錢，那家公司最後卻沒得標，那家公司一氣之下才把他給舉報了。」

束濤接著說：「我擔心這個傢伙會主動把我送錢的事給抖出來，那樣就會牽涉到這次氮肥廠地塊的招標。一些有心人便會以這件事情為由，想要推翻這次招標的結果，說不定藉此攻擊您和金書記也難說。」

孫守義沉吟起來，束濤的擔憂不是沒有可能。曲志霞早就對他和金達偏袒束濤不滿，誰知道會不會拿這件事大做文章。這可要早做準備才行。

孫守義怕束濤自亂陣腳，他必須先把束濤的心安定下來，想了想說：「束董，我覺得你的擔心有點多餘了，競標結果又不是那位副處長一個人能夠決定的，所以就算是有人想借此否定競標結果也是不可能的。至於有人會借此攻擊我和金書記，這更不用擔心啦，試問我們在這次競標過程中可曾做過什麼違規的行為嗎？束董，有嗎？」

孫守義鎮定的態度，給束濤吃了顆定心丸。

束濤向孫守義說這件事，其實是想試探一下孫守義對這件事的態度。他可不想費盡心思才弄到手的地塊馬上又失去了。於是笑說：「那倒是沒有，您和金書記都是清廉講原則的幹部，哪會有什麼違規行爲啊。」

孫守義說：「那就行了，既然我和金書記都沒有違規行爲，他們就是想攻擊我們也會失敗的，所以你不用擔心市裏這邊，倒是擔心一下自己吧，你被那位副處長咬出來的話，會比較麻煩的。」

束濤說：「這個市長倒無須替我擔心了，我經營城邑集團這麼多年，什麼風浪沒見過？早就知道該怎麼應對這些事了，什麼能說，什麼不能說，我心中還有數的。而且，相關部門也不一定能定得了我的罪，那張卡也不是我親自給他的。」

束濤這是反過來給孫守義定心丸吃，他知道孫守義一定會擔心他會不會在紀委調查中說些什麼。束濤話中的「什麼能說、什麼不能說」的意思，就是在跟孫守義保證他會守口如瓶的。

束濤這個人還算挺講義氣的，好比莫克雖然死了，束濤仍然很關照莫克的前妻朱欣和女兒，莫克女兒在貴族學校的費用據說也是束濤在支付，孫守義感覺束濤這一點做得很不錯，一個有情義的人是可以相信的。

孫守義便說：「希望你沒事，束董，有什麼話，等明天我回去瞭解情況了再說吧。」

束濤說：「行，市長，我就不打攪您了。」

束濤掛了電話，在房間裏的孫守義越發的沒有了心情。雖然他在束濤面前不慌不亂，但是這個國土局副處長可能造成的影響卻不能小覷，不知道會有多少開發商跟他有過不正當的往來。海川地產業極可能面臨一場劫難。

海川政壇已經元氣大傷，現在商界再跟著受挫，那他這個市長在第一個任期中恐怕很難有什麼作爲了，光是恢復元氣就夠了。

孫守義心中大呼倒楣，怎麼就讓我趕上了這些事了呢。他心裏埋怨起紀委書記陳昌榮，這傢伙沒事湊什麼熱鬧啊，明知道海川政壇已經因爲馬艮山一案鬧得人心惶惶了，爲什麼不把這個案子壓一壓呢？

偏偏他現在又不在海川，也不好做什麼安排，只能待在房間裏乾著急。

也不知道金達知不知道，照孫守義的猜測，金達這時候應該還不知道。畢竟一個國土局的副處長被雙規，還不到驚動市委書記的層次。這也是最危險的地方，如果知道這件事，金達一定會讓紀委控制查辦範圍的。

看來還是需要儘快趕回海川才行。原本孫守義計畫回去的時候既然要在北京轉機，就在北京多留一天，回家看看老婆孩子，這下便不得不改變主意了。

因爲晚上呂鑫還要設宴爲他們踐行，下午四點左右，出去購物的團員陸續回來，大家都是大包小包的滿載而歸。

傅華拎著一個不大的袋子進了孫守義的房間。

孫守義笑說：「你手上拿的什麼啊？」

傅華說：「一條絲巾。市長，您來香港一趟，不給沈姐買點東西似乎交代不過去，這條絲巾是我逛街時看到的，挺漂亮的，就幫您買回來了。」

孫守義想想這正合適，自己原本告訴沈佳要回家待一天的，現在不能了，這條絲巾正好可以作爲補償。

孫守義滿意地說：「謝謝你了傅華，你真有心，多少錢我給你啊。」

傅華笑說：「市長，這點小錢您還需要跟我算清楚啊？」

孫守義笑笑說：「那就謝謝啦，你也別放在我這裏了，你幫我帶回北京，回頭你直接拿給小佳好了。」

傅華愣了一下，說：「怎麼了，市長，您不是說要在北京住一天的嗎？」

孫守義搖搖頭說：「市裏面出了點急事，我需要儘快趕回去處理，沒法在北京待一天啦。回頭你幫我把機票改簽一下，我要從機場直接轉機。」

傅華不敢問什麼事，便點點頭說：「好的市長，我回頭就去安排。」

晚上，呂鑫給孫守義和經貿代表團送行。

酒宴上，何飛軍依然對呂鑫表現的很是巴結討好，一再邀請呂鑫有空去海川玩，說他會好好招待呂鑫。讓孫守義覺得何飛軍有些喧賓奪主，這種邀請該是由他這個市長發出的才對。何飛軍說這些，把他這個市長置於何地啊?!

孫守義還發現何飛軍似乎跟呂鑫熟稔了很多，兩人交談中，何飛軍顯得很放鬆，還不時互相開個玩笑。孫守義十分懷疑何飛軍是不是在私下跟呂鑫有過接觸，暗自搖了搖頭。

第二天一早，經貿團一行人就從香港機場出發直飛北京。傅華跟孫守義分了手回駐京辦，孫守義一行人則是坐上回海川的飛機。

等到海川，已經是傍晚了，孫守義打電話給金達，告訴金達自己回來了。

金達納悶地說：「老孫，你不是說要在北京待一天才回來的嗎？」

孫守義說：「想想也沒什麼好待的，就直接回來了。您晚上有應酬嗎？」

金達笑笑說：「沒有，一會兒正準備去食堂隨便吃點呢。」

孫守義便說：「要不我請你吃飯吧，我今晚也沒地方吃飯。」

金達聽了說：「好啊。」

孫守義說：「那我找個安靜一點的地方。」

兩人來到臨近西郊的一個飯店，要了個雅間，金達和他把司機打發走，兩人面對面坐了下來。

孫守義給金達倒上一杯紅酒，說：「金書記，說起來我從北京千里迢迢過來跟您搭班子，也是一種緣分。來，我敬您一杯，感謝您一向的關照。」

金達笑笑說：「老孫，不要說得這麼客氣，實際上我們是彼此支持。我們倆也是不太走運，海川的事情一樁接一樁的發生，令人應接不暇。幸好我們能夠同心同德，相互支持，才能夠度過難關。來，也不要說別的了，乾了這杯，什麼都在酒中了。」

孫守義立即說：「對對，什麼都別說，一切都在酒中。」

兩人就碰了一下杯，將杯中酒乾了。

孫守義又給金達滿上了酒。金達看了看孫守義，說：「老孫啊，你匆忙趕回來，又約我到這種地方吃飯，是有什麼事要跟我說吧？」

孫守義笑說：「被您看出來了，是的，我是有件事要跟您說。您知道市紀委雙規了一名國土局的副處長嗎？」

金達愣了一下，說：「不知道啊，國土局副處長這個級別的官員，紀委無需請示市委，直接可以處分的。怎麼了，是不是有什麼問題啊？」

「是有點問題，這個副處長可能牽扯到束濤和氮肥廠地塊的競標。」孫守義說。

金達臉色嚴肅了起來，也感覺事有蹊蹺。

孫守義接著說：「這個副處長是因爲別的事情才被雙規的，但問題的關鍵並不在這裏，而是這個人所處的部門是個很重要的部門，一定有不少地產商跟他有聯繫。我擔心紀委會咬住不放，把案子搞大。您該很清楚，我們現在的形勢是怎樣的，可是再也經不起折騰了。」

金達看了看孫守義，表情凝重地說：「老孫，你不說我還真沒往那方面去想，是啊，我們海川真是經不起折騰了。你說我們該怎麼辦？」

孫守義笑笑說：「還能怎麼辦呢，事態越早得到控制越好，我覺得您應該把紀委書記陳昌榮找來瞭解一下案情，確保這個案子既能調查清楚，又不殃及無辜。」

「殃及無辜？」金達笑了起來，說：「老孫啊，現在這些官員，隨便查一下都一堆的問題，有幾個是無辜的啊？不過也沒辦法，我們總不能把他們都抓起來吧？行，明天我就找陳昌榮來談談，瞭解一下這個案子。」

「有時候我真是很無奈啊，明明做這些事跟我的理念相違背，但是我又不得不去做。更糟糕的是：一次不行，還得做第二次，我這個市委書記倒好像成了不法分子的保護傘了。」金達忍不住發牢騷說。

孫守義知道金達心中很不情願，也只能說：「您也別煩了，現在不是情況特殊嘛。再說現在不查，不等於將來不查，等海川市的狀況穩定下來，我們再來著手調查這些人也不晚啊。」

金達苦笑了一下，說：「也只好這麼想了。誒，老孫啊，你說有沒有必要跟陳昌榮說一下，適當的保護一下束濤啊？」

孫守義搖搖頭說：「我也不想看束濤出什麼事，不過，您如果特別為他跟陳昌榮打招呼，很容易會讓人覺得您有私心，會招致非議的，所以還是不要點出哪個人比較好。」

孫守義的顧慮不無道理，他讓陳昌榮控制辦案範圍，本來就是不應該的行為，如果再涉及到具體的案子，或是某個人，那真是不好解釋了。金達便說：「看來束董要自求多福了。」

孫守義說：「他倒不倒楣都不關我們的事，氮肥廠地塊開始競標的時候，我就交代過他，我們基於扶持本地企業的目的可以支持他，但是其他的事都要他自己去處理，現在是他自己的事情沒處理好，倒了楣也找不到我們的。」

束濤的事算是談的告一個段落，金達也很關心這次香港的招商結果，便問：「說說你在香港這次的收穫吧。」

金達跟孫守義喝了口酒，孫守義回道：

「這次收穫不少，談了幾個項目還不錯，回頭我會專門跟您彙報的。今天我們難得有機會單獨喝酒，就不要一個勁的談工作了。」

金達笑說：「行行，我們多喝酒，少談工作。呂鑫有沒有邀請你們上賭船賭幾把啊？」

孫守義說：「有啊，但是帶著這麼一大團人，我敢上去嗎？到時馬上會有一堆小道消息在街頭巷尾瘋傳的。」

孫守義又感慨道：「別人都覺得我們這些做官的，好像權力很大，可以爲所欲爲，可您清楚，真要做起什麼事情來，我們受的拘束可是比一般人還要多。」

金達聽了也說：「是啊，我們沒有普通人那麼自由，做什麼事情都要先想一想會不會有什麼壞影響，反而比一般人多了幾分拘束。」

「對啊，有時候我真是有點懷念在農業部那種按部就班上下班的日子呢。誒，市長，我出去一個禮拜了，省委對我們新開缺的副市長有沒有決定出來人選啊？」孫守義換了個話題。

金達說：「還有沒明確人選，不過我聽省委的朋友說，有一個人呼聲挺高的。」

孫守義好奇地說：「誰啊？我認識嗎？」

金達說：「你應該認識吧，這傢伙在東海省也算是個風雲人物。就是東海省城市建設投資公司的老總胡俊森。他成功地將虧損的上市公司東海省紡織總公司重組，解決了東海省的大問題，省裏對他的評價很高，據說這次有意讓他出任海川市的副市長。」

城市建設投資公司隸屬於國資委，管理和經營東海省的國資公司。這個胡俊森是東海省大學的經濟學博士，很有學識，也很有能力，經他重組後的東海省紡織總公司，股價翻了好幾番，市價七億多。

商而優則仕是目前政壇一個新的發展趨勢，如果胡俊森真的出任海川市副市長，那就代表組織是要重點培養胡俊森了。

孫守義聽了說：「這可是個強棒啊，如果他真能來我們海川，那我們海川就將有兩名博士副市長了，領導班子可就太強大了。」

金達奇怪地說：「兩名博士？另外一個人是誰啊？」

孫守義笑笑說：「您忘了您的老同事了，她可是參加了北大經濟管理學院的博士考試的，據說還要師從吳傾教授呢。」

金達不免驚嘆說：「我這個老同事志向可夠遠大了，還找了這麼一個名滿天下的教授做老師，估計很快海川市就盛不下她了。」

第二天，金達一到辦公室，就讓陳昌榮來他的辦公室。

見到陳昌榮，金達就笑笑說：「老陳，最近這段時間，你和紀委的同志真是辛苦了。」

陳昌榮乾笑了一下，說：「金書記，您這是說那裏的話啊，我們也是做好本分工作罷了，談不上什麼辛苦的。」

金達話中有話地說：「老陳啊，別這麼謙虛嘛，你們紀委這次配合調查小組查辦出那麼多的貪腐分子，讓我們海川可是出了大名了。」

金達果然是因爲馬艮山一案而找他來的，猜想金達是來向他算賬了，便趕忙解釋說：「金書記，這個功勞我們紀委可不敢領，查辦馬艮山可都是省調查小組主導的，我們紀委頂多是給人家打打下手而已。」

金達說：「有功不居，真是謙虛啊，我個人也希望能將貪腐分子一網打盡的。不過老陳，反貪腐只是市裏工作的一部分，還有很多其他的工作要做。最近因爲馬艮山案，我們海川市已經夠動盪的了，你們紀委是不是也該緩一下，讓政局穩定一下啊？」

陳昌榮愣了一下，說：「金書記，我不知道您在說什麼，是我們紀委做了什麼不該做的事情了嗎？」

金達面帶笑容說：「也不是，你們紀委的工作做得很好，沒什麼不應該的地方。我今天找你來，沒有別的事，主要是向你瞭解一個案子，聽說國土局有一個副處長被你們雙規了，是嗎？」

陳昌榮點點頭說：「是有這麼一回事，這個副處長涉嫌利用職權為開發商競標土地提供幫助，因為收了開發商的錢沒幫人家辦成事，所以被舉報了。」

金達聽了說：「原來是這麼一回事啊。老陳，這個案子會涉及很多開發商嗎？我們海川剛剛才發生一場政壇地震，會不會緊接著再來一場商界地震啊？如果這樣，海川可真是有點折騰不起了。」

陳昌榮看了看金達，聽出金達意有所指，便試探性的道：「金書記，現在這個案子還沒有牽涉到太多的開發商，那個副處長只供出……」

「老陳，」金達打斷了陳昌榮的話，說：「你無須跟我談具體的案情，你該怎麼辦就怎麼辦吧。不過你要注意一點，不要刻意的去擴大範圍，我可不想因為這個案子讓我們海川再出名一回。如果再鬧出一個大案子的話，我真不知道該如何跟呂紀書記交代了。」

陳昌榮趕忙說：「我明白您的意思了，您放心，我一定會按照您的指示辦的。」

金達又說：「老陳，謝謝你了，現在是非常時期，穩定壓倒一切。希望你能理解我的苦衷。」

陳昌榮點點頭說：「我能理解，您這也是爲了海川著想嘛。」

打發走陳昌榮，金達的心情並沒有輕鬆下來，陳昌榮雖然答應控制案件調查的範圍，但這件事情才剛剛開始，後續的效應還沒有顯現出來。

不久前他剛接任市委書記的時候，還雄心勃勃，想要大幹一場的。沒想到轉瞬間形勢大變，他不但沒能夠大展拳腳，還成天忙著四處堵窟窿。老是這樣下去的話，他在這個任期內，是別想有什麼大作爲了。

想到可能無法交出一份令人滿意的政績給呂紀看，金達的心情不由得就有點煩躁了起來。

## 第九章

# 子虛烏有

孫守義不好跟鄧子峰說他知道這個案子的詳細情形，
那樣好像他跟這個案子真有什麼瓜葛似的。
就說：「這個案子還在查辦中，我和金達書記都沒有不讓查下去的意思，
所謂的袒護城邑集團，根本是子虛烏有的事。」

過兩天，孫守義在去齊州開會的路上接到束濤的電話，束濤高興地說：「市長，謝謝您了，我這邊關於那個國土局副處長的事情了結了。」

孫守義笑笑說：「束董，那是你自己的事，謝我幹什麼？不過還是恭喜你了。」

束濤說：「我心中有數的，要不是您跟金書記讓陳昌榮控制查辦範圍，這個案子不會這麼快就了結的。原本紀委可是擺開架勢準備追查到底的，現在只追到了直接經辦人，就沒有再往下追了，我不感謝您和金書記，又能感謝誰呢？」

孫守義趕忙提醒他：「話不能亂講，束董，我們控制查辦範圍可不是為了你，而是目前海川的政局動盪不安，我們不想再鬧出大案子搞得人心惶惶了。行了，你偷著樂就好了，就不要四處講了。省得你那邊沒事了，我和金書記的麻煩就要來了。」

束濤立即表態說：「這您就放心好了，我嘴很緊的。您是不是擔心曲副市長會在這個問題上發難啊？」

孫守義嘆說：「你那邊就算是只追到經辦人，也是表明你們城邑集團為了氮肥廠地塊行賄了，曲副市長原本就一肚子窩火，你想她對此能一聲不吭嗎？不過這些就不是你的事了，我和金書記會處理好的。你現在別的不要想，把這個地塊給我做好就行了。我和金書記現在已經被這些事情搞得焦頭爛額的，你可別再出什麼事情啊。」

束濤立即說：「您放心好了，這個項目我會加十二分的小心去做好的。」

到了齊州，開完會，孫守義被鄧子峰留了下來。

鄧子峰問道：「守義同志，這次香港之行收穫如何啊？」

孫守義說：「挺不錯的，我正想跟您彙報一下呢。」

鄧子峰笑笑說：「好啊，說吧，我洗耳恭聽。」

孫守義就報告了這次招商會達成合作意向的簽約和項目的情形。

聽完之後，鄧子峰點點頭說：「不錯啊，守義同志，成績斐然啊，好好幹吧。」

孫守義趕緊說：「謝謝省長鼓勵，我會好好工作，不辜負您的期望的。」

「馬艮山的案子現在基本上已經調查的差不多了，你們市裏面的狀況怎麼樣啊？」鄧子峰又問。

孫守義回說：「穩定多了。唉，我們海川這次被這個案子鬧得是人仰馬翻的，現在總算是穩定下來了。」

鄧子峰卻質疑說：「真的穩定下來了嗎？我怎麼聽說最近海川又出了一個國土局副處長被雙規的案子，涉及到海川市很多開發商。」

孫守義愣了一下，沒想到這個案子居然傳到了鄧子峰這裏，這些人想要幹什麼啊？難道他們的目標是氮肥廠地塊招標？

孫守義看了看鄧子峰，想從鄧子峰臉上看出他的意圖，但鄧子峰臉上神色很平淡，看不出是喜悅還是生氣。

孫守義小心的說道：「您也聽到這件事了？是有這麼件案子，不過沒您說的牽涉到海川市很多開發商這麼嚴重。主犯是一個副處長，層級很低，涉案的範圍不大。」

鄧子峰語氣嚴厲地說：「不大，多大叫大啊？你們海川最大的地產開發商城邑集團涉案了，算不算大啊？牽涉到海川氮肥廠地塊的競標，算不算大啊？有人向我舉報，說你和金達合謀袒護城邑集團，所以金達才會出面要紀委書記陳昌榮控制查案的範圍，有這件事嗎？」

孫守義趕忙解釋說：「您聽我說，是有這件事，但是絕非舉報人說的什麼要袒護城邑集團。金達書記並沒有跟陳昌榮談具體的案子。而是要求陳昌榮控制一下查案範圍。這是金書記和我的私心，您也知道，馬艮山案鬧得海川雞犬不寧，如果再有什麼大案出來，那海川市政恐怕要全部停擺了。」

鄧子峰說：「那城邑集團的案子是怎麼一回事啊？」

孫守義不好跟鄧子峰說他知道這個案子的詳細情形，那樣好像他跟這個案子真有什麼瓜葛似的。就說：「這個案子我只是聽了些隻言片語，好像是城邑集團送了那個副處長一筆錢，讓那個副處長在氮肥廠地塊上關照他們一下。這個案子還在查辦中，市委還不太掌握具體的情形，不過，我和金達書記都沒有不讓查下去的意思，所謂的袒護城邑集團，根本是子虛烏有的事。」

鄧子峰懷疑地看了看孫守義，說：「真是這樣的嗎？舉報人可是信誓旦旦的說案子已經結了，只追究了一個城邑集團的經辦人員，主要人物束濤卻逃過了處罰。」

孫守義聽了心中暗自吃驚，束濤剛剛才告訴他結果，這個舉報人便將情況捅到鄧子峰這裏了，這個人的消息好靈通啊。看來此人就算不是紀委的人，也一定在紀委有內線才對。

孫守義絕不能承認自己已經知道這個結果，就搖搖頭說：「省長，這我就不清楚了，我需要回去瞭解一下具體的情形，才能跟您彙報。」

鄧子峰追問說：「那你想過沒有，要怎麼處理城邑集團得標的事啊？」

孫守義想了想說：「省長，如果那位副處長並沒有影響到得標的結果，我傾向於不變。您也清楚現在的機關幹部，他們已經習慣借助權力來勒索廠商，所以對城邑集團的情況不能一概而論的。」

鄧子峰看著孫守義的眼睛，好半天才說道：

「守義同志，我知道你是爲了搞好海川的工作，但有時候也不要太急於求成，太急於求成反而會適得其反的。」

孫守義有點摸不著頭腦，不知道鄧子峰跟他說的急於求成究竟是指什麼，只好含糊的點點頭說：「我明白了，省長。」

鄧子峰說：「好了，你回去吧，這件事就照你的意思去辦吧，不用再跟我彙報了。不過，以後你做事要小心一點，也要多想想，要知道你身邊可是有很多人在盯著你的。」

孫守義雖然不知道鄧子峰究竟是指什麼，不過他知道鄧子峰這麼叮囑他是爲他好，便重重地點點頭，說：「我知道，省長。那我回去了。」

在回去的路上，孫守義不停的思索著鄧子峰說的話，想了半天也不得頭緒，只好暫且放了下來。

金達辦公室。

書記碰頭會上，副書記于捷開口就說：「金書記啊，我昨天聽紀委老陳講，城邑集團在這次的氮肥廠地塊競標過程中有行賄的行爲？」

孫守義聞言，不由得看了于捷一眼，他正在納悶究竟是誰向鄧子峰舉報他和金達包庇城邑集團的，現在于捷自己跳出來談到陳昌榮告訴他案件的結果，聯想到于捷跟陳昌榮本來就關係不錯，孫守義猜到顯然于捷早就知道這件事，也就是說，鄧子峰收到的舉報資料很可能是出自于捷之手。

孫守義很不高興，心想：于捷，你三番兩次的在背後捅我刀子算是怎麼回事啊？便略帶譏諷的說：「于副書記啊，什麼時候我們的制度改了，紀委書記改成跟市委副書記彙報工作了？」

于捷臉色難堪起來，不滿地說：「孫市長，您這是什麼意思啊？我說過是老陳跟我彙報的嗎？我們只不過是閒聊時說起來的。」

孫守義針鋒相對的說：「閒聊時說起來的，那這個陳昌榮就更不應該了，需要上書記會討論的事情，他不跟金書記彙報，卻只跟你閒聊，我倒是想把昌榮同志叫來，問問他究竟是什麼意思啊？」

孫守義這麼說，把于捷給置於兩難境地，他看了孫守義一眼，說：

「市長，您不要亂扣帽子好嗎？老陳沒報告這件事，是因爲他沒意識到問題的另一面。他負責紀委工作，想的只是如何去追查貪腐分子。而我想到的是，既然城邑集團在得標過程中行賄，那他們的得標就有問題，我覺得應該撤銷得標的結果。重新進行招標。」

金達對于捷提出要重新招標有點意外，本來他以爲發難的會是曲志霞，沒想到跳出來的居然是于捷。

是于捷在這件事情上有什麼利益勾結嗎，還是單純只是針對他和孫守義？

不過不管是誰跳出來，金達已經跟孫守義達成協議，維持束濤得標這個結果，於是說道：「老于，你是分管黨群事務的，怎麼關心起地塊競標的事情來了？這是政府方面的事，等紀委出來結果之後，政府方面會研擬出解決方案的。你就不要操那麼多心了。」

于捷卻不甘心就此罷休，看著金達說：

「不是金書記，您不清楚，現在外面對城邑集團這次能得標很有看法。他們不但行賄，甚至還借助省裏某位領導的權勢施壓跟他們競爭的公司，迫使對方不得不退出競爭。這樣的競標結果顯然是不公平的，也極大地損害了我們市委市政府的聲譽，我們怎麼能不管不問呢？」

于捷這麼一說，孫守義心中一下子豁然開朗了，他明白鄧子峰昨天跟他說的那兩句話是什麼意思了。于捷說的省裏某位領導指的就是孟副省長。

于捷知道了這一點，肯定會在給鄧子峰的舉報資料中提到他包庇城邑集團，而城邑集團卻利用孟副省長施壓別人，這就犯了鄧子峰的大忌了，鄧子峰是想看看他是否還具有足夠的忠誠度。

孫守義能夠登上海川市長寶座，鄧子峰是起了關鍵性的作用的，因此他就算是鄧子峰手下的一名大將。現在這名大將卻跟他的主要對手孟副省長眉來眼去的，鄧子峰怎麼會不心生芥蒂呢？

孫守義後背冒起了冷汗，如果鄧子峰對他產生了不信任感，那他在東海的仕途可就有點危險了。

幸好鄧子峰最後的話意好像並沒有不信賴他，只是提醒他做事要多想想，不要急於求成；也就是說，鄧子峰對他是有所不滿的，但是這個不滿還不到拋棄他的程度。但儘管如此，鄧子峰心中對他已經產生了嫌隙。

孫守義十分懷疑于捷向鄧子峰舉報，根本意圖就是想挑唆他和鄧子峰的關係。這個于捷真是夠狠的，居然朝他最要害的部位下手！孫守義心中的火噌噌地往上升，對于捷有快要無法容忍下去的感覺。

同時，于捷的話也在傳遞著另外一個訊息，那就是于捷可能和曲志霞合流了，要不然，于捷怎麼會對鑫通集團和城邑集團爭奪氮肥廠地塊的事知道的這麼清楚？

這也是一個危險的信號，不容小覷，也許他們不能成什麼大事，但是想要壞事，卻是綽綽有餘的。

現在看于捷說話的架勢，盛氣凌人，幾乎有想要凌駕他和金達之上的氣勢。這是孫守義絕對不能允許的。他知道今天如果在氣勢上輸了，以後于捷就會壓他一頭了。這就好像兩人打架一樣，氣勢上如果被對方壓住了，架就等於已經輸了一半了。

孫守義心說：就算是你們兩個聯手，加起來也抵不過一個正職的。正職才是那個握權把子的人。今天我就讓你見識一下正職比你們這些副職幹部究竟強在什麼地方！

孫守義便笑笑說：「想不到于副書記還是這麼有正義感的一個人啊，你說的省裏的某領導究竟是指誰啊？又是哪家公司迫於省領導的壓力退出了競爭啊？說出來啊，如果你能拿出確鑿的證據來證實這一點，行啊，我這個市長跟你保證，馬上撤銷城邑集團得標的資格，重新競標，你看行嗎？」

于捷語塞了，孫守義一下子就擊中他的要害。一來孟副省長並沒有親自出面對鑫通集團施壓，而是透過其他部門施壓，想要證明事情與孟副省長有關，顯然不太可能；二來，就算他能證實這一點，他也不敢把矛頭直接對準孟副省長，那等於是站在孟副省長的對立面去了，他還沒有底氣這麼做。何況，就算于捷壯起膽子這麼做，鑫通集團恐怕也不敢出面加以證實的。

鑫通集團如果敢叫板孟副省長，當初就不會退出跟城邑集團的競爭了。孫守義就是吃定了這一點，才敢讓于捷指出具體的人和公司的。

于捷當然沒那麼傻，他沒辦法說出孟副省長，就往孫守義身上賴了，說：「市長，您這是裝什麼糊塗啊，您又不是不知道是怎麼一回事。」

孫守義冷冷的回說：「于副書記，我沒裝糊塗，我是真的不知道是怎麼回事。你既然知道，就請說出來。我和金達書記都是最反對在招標程序上做手腳的人，你說出來，我們三人可以一起去找呂紀書記彙報，糾正某些省領導的錯誤行爲。」

金達也很反感于捷的行爲，就幫腔道：「是啊，老于，既然你說的這麼肯定，是誰說出來啊，我們陪你一起去省委。」

于捷徹底被堵死了，他看出金達現在跟孫守義是聯手態勢，知道鬥不過兩人，就尷尬的笑笑說：「其實我也是聽說的，具體是誰我也不清楚。」

孫守義火了，斥責說：「于捷同志，我請你態度嚴肅一點，我們現在是在開市委的書記會，不是在一起瞎聊天。聽說的事能拿到書記會上討論嗎？我們做工作一定要嚴謹。隨便聽說的事就能做準的話，我還聽說你收了人家三十萬的賄賂了呢？」

「你，你不要胡說八道！」于捷急了，衝著孫守義嚷道。

看到于捷這麼大的反應，孫守義不禁笑了起來，嘲諷地說：「于副書記，你這麼氣急敗壞幹什麼，不會是被我說中了，真的受賄了吧？」

于捷的臉騰地一下脹紅了，指著孫守義叫道：「你這是誣賴好人，我什麼時候受賄了，你有證據嗎？」

孫守義呵呵大笑了起來，說：「你這時候跟我要起證據來了，都跟你說了，我也是聽說的，又怎麼會有證據啊？」

金達看于捷有點要惱羞成怒的樣子，孫守義再說下去的話，于捷肯定會跟孫守義翻臉打起來。金達不希望兩人鬧翻，能維持表面上的和氣，起碼可以說他們這個班子是團結的，要是真打起來，傳出去就把班子內的矛盾給公開化了。

金達知道這時需要他出面做和事老了，便衝著孫守義和于捷說道：

「好了，兩位，你們一人少說一句吧，我們這是在開會，可不是讓你們來吵架的。老于你也是，工作這麼多年的老同志了，怎麼能聽風就是雨啊？工作上的事怎麼能拿聽說來作爲依據呢。」

金達說于捷的時候，孫守義一直盯著于捷，于捷剛才的慌亂無措，讓他覺得很奇怪，受賄三十萬是他隨口打個比方的，于捷沒有理由這麼慌亂。該不會自己隨便說的話是真有其事吧？不然于捷也不會像被踩到了尾巴一樣的氣急敗壞。

當今的社會風氣，那種一清如水的官員基本上是絕跡了的，只要有點權力的官員多多少少總有些灰色收入，這已經是爲社會所接受的一種狀態了。在這種大環境下，于捷又不是那種講原則、守規矩的人，手腳自然不會那麼乾淨的。

于捷是海川市市委常委，在幹部的任用上有很大的發言權。這傢伙會不會利用這個權力在幹部的任命安排上接受賄賂呢？不用說是會的。而這其中也許正好有一筆賄款數目是三十萬也說不定。

孫守義越想越覺得有趣，于捷八成以爲他是知道了某些事，所以才故意提出這個三十萬的數字敲打他的。一個心中有鬼的人，被人抓到了鬼，才是于捷臉紅脖子粗的真正原因吧。

孫守義臉上忍不住浮現出譏諷的笑容，而于捷的眼神跟他對視後，馬上就閃開，典型一副做賊心虛的樣子。

金達說了于捷幾句之後，就開始進行原本的議程。整個會程，孫守義一直盯著于捷看，而于捷卻低著頭，不敢跟他的眼神接觸。孫守義可以確定三十萬是確有其事了。

想不到自己無意中還抓到了于捷的一個把柄，這一刻，孫守義真是感到說不出來的痛快，他覺得算是報了于捷在鄧子峰那裏挑唆的一箭之仇了。想不到現世報來得這麼快啊。

他必須打鐵趁熱，讓于捷感到害怕，才能讓于捷不敢再對他做什麼文章。孫守義想到了束濤。

在張琳主政海川的時期，那時候于捷跟張琳是同盟關係，孫守義相信，束濤在于捷那裏也是下過功夫的。孫守義想到教訓于捷的辦法就在此，他要借刀殺人，讓束濤去教訓于捷。

他抓起電話，撥給束濤，他想看看束濤如果知道于捷想要撤銷城邑集團的得標資格，會是一種什麼態度。

束濤接了電話，孫守義就說：「束董啊，你以前是不是得罪過于捷副書記啊？」

束濤愣了一下，說：「沒有啊，我以前跟他的關係還不錯。不過最近沒什麼來往，就有些疏遠了。怎麼了市長？」

束濤刻意強調「疏遠」，是在表明他和金達孫守義走近之後，就沒再跟于捷有什麼牽扯了。

孫守義很滿意束濤的這個態度，笑笑說：「既然你跟他關係不錯，那他怎麼會在今天的書記會上提出來要撤銷你們城邑集團的得標資格啊？束董，人家可是直接衝著你來的，這可不是你說的什麼關係不錯該有的樣子啊？」

束濤愣了一下，說：「于捷想要撤銷掉城邑集團的得標資格，真的假的？」

孫守義笑了起來，說：

「束董，看你這話說的，好像我在騙你似的。我也沒想到于副書記會跳出來說想撤銷掉你們的得標資格，原本我以爲提出這個提議的會是曲志霞呢。所以我才會問你們的關係如何。我記得在張琳書記還在海川的時候，你跟于捷處得還不錯。」

束濤就有點惱火了，心說：你于捷要跟金達和孫守義鬥就鬥吧，幹嘛要扯上我啊？怎麼說我們當初也有一份交情在，你怎麼可以一點舊情不念，壞我的事呢？就說：「豈止是不錯，我可從來沒虧待他，這時候他卻跳出來捅我一刀，真是不夠意思。」

孫守義知道束濤在收買官員方面，向來出手大方，動輒就是幾十萬的往外拿。他說沒虧待于捷，那就是給了于捷不少的好處，數目肯定不低。孫守義心中本來就希望是這樣，越是這樣，束濤對于捷的怨恨就越重。

孫守義便笑笑說：「束董，既然是這樣，那這件事就好辦了。雖然我和金達書記是傾向維持得標結果不變的，但是像于捷副書記在一旁老是說三道四，又是什麼城邑集團行賄才能得標，還說什麼省領導施壓的，我和金達書記也不得不顧忌一下。所以你趕緊想辦法搞定他吧。」

束濤納悶地說：「市長，您剛才說什麼省領導施壓的，是什麼意思啊？」

孫守義說：「這還有什麼別的意思啊，于副書記說你們城邑集團找了省裏某位領導向競爭對手施壓，迫使他們退出競爭。雖然于捷沒點名，但是我猜他說的就是孟副省長。束董，你這件事做得可是不夠漂亮啊，居然讓人把孟副省長都給扯了出來，讓我和金書記很尷尬啊。」

束濤知道金達和孫守義各自背後的後臺是誰，也知道省裏三巨頭之間微妙的關係。于捷把孟副省長給扯出來，讓孫守義和金達都不好對背後的後臺交差。孫守義雖然沒有明確的指責他什麼，但是話語中的不滿卻是很明顯的。

這次于捷扯出孟副省長，很可能會對金達和孫守義的仕途造成影響，很難說兩人會不會為了保護仕途，真的撤銷氮肥廠地塊的得標結果。

束濤心中暗罵于捷做事太過分，居然為了政治博弈，這麼不擇手段，便說：「市長，這您也不能埋怨我啊，我也沒想到于副書記會這麼做。我想于副書記最近有些記性不太好，您放心，我會想辦法提醒他一下的。」

孫守義想要的就是這個結果，他笑笑說：「束董，你要怎麼提醒他我不管，但是我希望你不要再讓這位老朋友跳出來搗亂了。你要知道，我和金達書記為了保住你這次的得標資格，可是擔著很大的風險。有人都把舉報資料送到了省領導那裏，說我和金達書記包庇你和城邑集團，鄧省長還親自詢問我是怎麼一回事呢。」

束濤詫異地說：「舉報資料？市長，這是什麼時候的事啊？」

孫守義說：「就是那天我去齊州的時候啊。今天于捷就想在書記會上發難，人家可是一環接一環，搞得很緊湊啊。」

束濤聽了說：「市長，我知道是怎麼回事了，您放心，我一定把事情給解決得妥妥當當的。」

孫守義指責說：「束董，什麼叫給我解決的妥妥當當，這是為你自己解決的好不好？項目可是你在做，我現在都有點後悔把這個項目給你了。馬艮山的事已經搞得我和金達夠煩了，我還以為你在海川的人緣不錯，不會有什麼事呢，誰知道你這邊也是狀況百出，這不存心給我們添堵嗎？」

束濤緊張了起來，說：「不會了，市長，我跟您保證，這個項目絕對不會再出一點麻煩了。」

孫守義說：「你也不用跟我保證什麼了，項目是你在做，利益是你的，要怎麼做是你自己的事，你斟酌著辦吧，我掛了。」

孫守義掛了電話，他雖然跟束濤沒說什麼重話，但是也夠束濤琢磨半天的了，估計束濤肯定不會輕易就放過于捷的。

束濤對對手下手也是毫不含糊的，于捷想要損害他的利益，他絕不會對于捷心慈手軟。等著吧于捷，有你好看的了。

轉天，在市委一個會議上，孫守義一進會議室，就看到坐在那裏的于捷。

這倒不是說孫守義刻意要去注意于捷，而是于捷太過於醒目了，只要進會議室的人都不會不注意到他。因爲于捷居然戴了一副很大的黑框墨鏡，看來十分怪異。

孫守義隱隱覺得于捷突然戴起墨鏡，一定與束濤有關，搞不好是束濤給于捷臉上留下了什麼印記，于捷迫不得已才戴起墨鏡的。

孫守義就走到于捷面前，笑笑說：「于副書記啊，你怎麼突然時髦起來了？」

于捷戴著墨鏡，孫守義看不到他的眼神，不過他說話的語氣卻很不高興，說：「我什麼時髦啊，我昨晚出去散步，一不注意撞到了樹上，眼睛就有點發烏，所以戴墨鏡遮

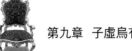

掩一下。」

孫守義用關心的口吻說：「怎麼這麼不小心啊，我看看，撞成什麼樣了？」說著，也不管于捷同不同意，自顧的就去把于捷的墨鏡摘了下來，于捷沒防備他手這麼快，想阻止已經來不及，說了聲你幹什麼，墨鏡就被孫守義給摘了下來。

孫守義看到摘下墨鏡的于捷，差一點笑出來，因爲于捷兩個眼圈都是烏黑的，像極了國寶大熊貓。這絕不可能是撞到樹的樣子，因爲撞到樹不可能同時撞到兩個眼圈，鼻子卻一點問題都沒有。

孫守義強忍著笑，把墨鏡還給于捷，依然是一副關心的口吻說：「怎麼這麼嚴重啊，唉呀于副書記，你怎麼走路也不看著點啊。下次可要小心些。」

拿回墨鏡的于捷趕忙將墨鏡戴了回去，恨恨地說：「謝謝市長關心，我會小心的。」

孫守義心中暗自好笑，看你這傢伙還敢不敢要我?!

會議結束後，孫守義就接到束濤的電話，束濤在電話裏問：「市長，今天有沒有見到于副書記啊？」

孫守義笑了起來，說：「見是見到了，不過你這位老朋友的狀況可是不太好啊。你說奇怪不奇怪，這人好好的走路散步，怎麼會撞到樹上了呢？」

束濤也笑了起來，說：「市長，這其實一點也不奇怪，主要是因爲他沒有把路看清

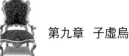

楚，沒看到有些路是不能走的。」

孫守義笑說：「那現在他看清楚了哪些路是不能走的了嗎？」

束濤說：「我想他應該看清楚了，如果再看不清楚，恐怕下次他就不是撞到樹上了，而是掉進溝裏去了。」

孫守義笑說：「這倒也是。我今天特別看了一下于副書記的尊容。那對熊貓眼之對稱。想來撞得可是夠重了，希望他能記取教訓，走路先看看前面有沒有樹。」

說到這裏，兩人同時呵呵大笑了起來。

北京。

華燈初上，主席台餐廳的雅座裏，傅華問于立說：「誒，于董，我師兄怎麼還沒有來啊？」

于立笑笑說：「別急嘛，傅主任，你要知道領導總是很忙的，這事那事的，肯定走不開。你看，不光你師兄沒來，巴副院長和喬小姐不是也沒有來嗎？」

傅華開玩笑說：「你這是說只有我這個小小的駐京辦主任很清閒，才按照你約定的時間來了啊。」

「誒，傅華，我怎麼一進門就聽到你在發牢騷啊？」這時，服務員引導著喬玉甄走了進來。

傅華笑笑說：「你們都遲到，唯獨我一個人準時達到，讓我坐在這裏枯等，我當然有牢騷了。」

喬玉甄笑說：「你不知道女人天生有遲到的權利嗎？」

傅華點頭說：「這我知道，可是今天遲到的可不僅僅是女人，巴副院長和我師兄都遲到了。」

這時，于立趕忙跟喬玉甄打招呼，他對喬玉甄顯得十分的尊重，因爲這次的酒宴主賓就是喬玉甄。

經過喬玉甄的朋友跟東海方面打招呼施壓，對方終於被迫妥協，在法院的主持下跟于立達成調解協議，同意優先償還積欠于立的款項，于立的錢基本上可以拿回來了。於是于立宴請了巴東煌、賈昊、喬玉甄和傅華一起出來慶祝，便有了今天的宴會。

坐定後，喬玉甄問傅華：「這次去香港玩的怎麼樣啊？」

傅華說：「還可以吧，其實也沒有多少時間玩，就最後一天才逛了一下，買了不少的東西。你說的那個黃大仙祠我倒是去了，可謂香火鼎盛啊，我還在黃大仙面前抽了一支靈籤。」

喬玉甄笑笑說：「哦，那裏的籤很靈的，你抽了一支什麼籤？是不是上上籤啊？」

傅華說：「不是什麼上上籤，我沒那麼好的手氣，而是一支中平籤。」

喬玉甄失笑說：「你當是賭博啊，還手氣呢。抽籤不是手氣，而是大仙向你顯示你近期的運氣和前程。」

傅華笑說：「這籤倒是挺靈驗的，我最近的運氣不好也不壞，算是中平，倒是符合黃大仙給我的推算。」

「什麼大仙啊？」這時賈昊也到了，進門就插話道：「小師弟，怎麼現在迷上什麼大仙了嗎？」

傅華笑笑說：「這不海川市去香港招商我也跟去了嗎，小喬說香港的黃大仙很靈，讓我去看看。我就去了，順便抽了一支靈籤。」

賈昊過來坐到傅華的旁邊，吐嘈說：「你這是白費功夫，抽的籤不會靈的。」

喬玉甄奇怪地說：「爲什麼啊賈副行長，你憑什麼斷言傅華抽的籤不靈呢？」

賈昊笑說：「這道理再簡單不過了，傅華這傢伙是無神論者，對這些大仙什麼的，打心眼裏就不相信，信神才有神在，他恐怕連黃大仙是什麼人都沒搞清楚，更別說相信了。這種情況下，他抽的籤怎麼會靈啊！」

傅華尷尬地說：「誒，師兄，也沒這麼離譜啦，抽籤前我可是看了黃大仙的來歷的。」

賈昊說：「那你相信嗎？」

傅華不置可否地說：「這我也說不清楚。」

傅華對這些怪力亂神的事一向不太沉迷，就像民間流傳黃大仙的故事，說他法力高強，能夠點石成金。傅華一聽就知道是假的，準是後人爲了吹噓黃大仙的神跡，故意揑造出來的。

不過說不信吧，人生中確實有些事情是很難解釋的，所以傅華抱持著一種兩可的態度，在信與不信之間遊走。

賈昊聽了說：「這不就得了嗎？這傢伙心裏對神就是含糊的，他抽的籤又怎麼會靈驗呢？」

喬玉甄笑說：「賈副行長分析的確實有道理，我也感覺傅華這個人性格當中有一種多疑的成分在，他總是對事情抱持一種懷疑的態度，這樣其實是很不好的。」

傅華告饒說：「誒，明明說的是黃大仙，怎麼又扯到我的個性上去了？」

喬玉甄說：「我是想跟你說，你這種性格是有問題的，你知道嗎？你對世界老是持一種懷疑的態度，不願意去接受現實，這樣子你活得不會輕鬆。我是想勸你，別把自己搞那麼累好嗎？」

傅華笑說：「我有這樣嗎？」

賈昊點點頭，認同地說：「這一點我同意喬小姐的觀點，傅華，你確實是有這個毛病。咦，這個巴東煌怎麼還不來啊？這人也真是的，不知道大家都在等他嗎？」

喬玉甄開玩笑說：「人家巴副院長喜歡遲到，好顯得他是一個很重要的人物啊。」

「喬小姐，你不好背後這麼編排人吧？」巴東煌一腳踏進來，就聽到喬玉甄在說他，就笑笑說：「我這不是有事走不開，所以才來晚了的嘛。」

喬玉甄微微埋怨說：「我沒有編排你，你在我面前遲到可不止一次兩次了。」

巴東煌對喬玉甄似乎是有些畏懼，因此對喬玉甄的指責他也不敢生氣，便笑笑說：「好了好了，我這不是來了嗎？于董，趕緊上菜吧，我都有些餓了。」

菜開始陸續送上來，于立坐在主人的位置上，端起酒杯對喬玉甄說：「喬小姐，這杯我敬你，感謝你這次的大力相助。沒你的幫助，這件案子還不知道什麼時候能了結呢。」

喬玉甄注意到巴東煌的臉色變了一下，估計巴東煌有些不滿，于立這麼說，好像事情完全是她一個人解決的一樣。喬玉甄很清楚雖然她在這件事情中起了關鍵性的作用，但是沒有巴東煌，事情也是無法解決的。

喬玉甄雖然並不喜歡巴東煌這個人，但是也不想跟巴東煌有什麼心結，尤其巴東煌手中的權力很大，把這種人樹成敵人並不明智，更何況也沒這個必要。就笑了笑說：

「于董，你不要這樣說啊，其實這件事大力相助的是人家巴副院長才對，你敬酒也要先敬巴副院長才對啊。」

巴東煌知道喬玉甄看出他吃味了，趕忙說：「別，喬小姐你確實出力不小啊，沒你的幫忙，這個案子根本就結不了。再說，于董這麼做也沒有錯啊，女士優先嘛。」

于立順勢說：「是啊，巴副院長我也是很感謝的，不過女士優先，我先敬完喬小姐再來敬他。」

喬玉甄已經讓了巴東煌一下，禮數算盡到了，就跟于立碰了一下杯，喝了酒。賈昊這時也端起酒杯，主動去敬巴東煌，巴東煌便跟他碰了一下杯，也喝了一口酒。

傅華注意到這時的于立和賈昊都是一副志得意滿的神態，顯然那個案子解決了，去掉了他們很大一塊心病，危機一解除，他們又恢復了往日那種盛氣凌人的神情了。

幾杯酒下肚，氣氛就熱鬧了起來，說話也隨意起來。

于立拉著巴東煌的手說：「巴副院長啊，這個案子你幫我解決了，可是幫我解決了大問題了，你等著看吧，下一步我就要在北京大展拳腳了，我準備在東四環那裏搞土地開發，建一個大型的社區，到時候你可要來捧場啊。」

巴東煌說：「東四環啊，那要多少錢一坪啊?于董，別看我是最高法院的副院長，我那點收入還真是買不起東四環的房子的。」

于立笑了起來，很豪氣的說：「巴副院長，你這見外了不是，買什麼啊，自家人開發

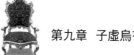

的房子還用買啊？我送你一套就是了。喬小姐，這一次你也幫了大忙，回頭我也會送給你一套的。」

傅華心說于立不愧是山西煤老闆，就是財大氣粗，他開口要送的房子肯定不會是面積小的，現在東四環的房子，像點樣子的，價錢就是幾百萬起跳，這傢伙一張嘴就送出去兩套，真是夠大方的。

喬玉甄卻說：「我可不要，我要那麼多房子幹嘛啊，誒，傅華，你要嗎？你要的話，這一套轉給你算了。」

傅華笑說：「我倒是想要，可是我要了的話，可能轉天紀委就會找上門來了，所以我還真是不敢要。」

賈昊在一旁拍了拍傅華的肩膀，說：「小師弟，你又來了，這是贈送，又沒讓你拿什麼利益來交換，爲什麼不敢要啊？難道送人東西也犯法啊？巴副院長，你跟他宣導一下法律知識，讓他知道一下，贈送並不違法的。」

巴東煌聽了笑說：「對，對，賈副行長對法律掌握得很準確，國家是允許公民之間饋贈財物的，這並不違法。所以傅主任放心收吧，沒事的。」

傅華心說：你還最高法院的副院長呢，要不是你們幫他打贏了官司，他怎麼會這麼大方啊？這能叫沒有利益交換嗎？能不違法嗎？

不過傅華知道這些話說出來只會讓人掃興罷了，還是不要做這種不識趣的事了，便笑笑說：「即使不違法，我也無功不受祿，拿了于董的房子，我恐怕要睡不著覺的。」

喬玉甄笑了起來，說：「看看，我們的傅華先生就是這樣子有原則的好幹部，來，為了他的原則，大家乾一杯好了。」

賈昊和巴東煌、于立都哈哈大笑了起來，顯然他們都明白喬玉甄提議為傅華的原則乾杯，並不是真的尊敬傅華的有原則，而是一種譏諷的意思。於是都笑著回應道：「來來，大家共同舉杯，為了傅華先生的原則乾一杯。」

四人的杯子碰到了一起，傅華卻沒有端起酒杯，苦笑說：「你們別鬧了好嗎？」

賈昊這時伸手過來，把酒杯塞到傅華的手中，笑說：「小師弟啊，你不用這麼認真吧？大家也就是想要熱鬧一下，來來，別這麼掃興，一起乾杯。」

傅華無奈地搖了搖頭，乾了杯。

酒杯碰完，五人各自端著酒杯要喝掉杯中酒時，包廂的門被推開了，兩名神情嚴肅的中年男子走了進來。大家都愣了一下，放下了酒杯。

「主席台」向來強調尊重客人的私密性，每個包廂都是獨立的設計，有專用電梯直達包廂，不可能發生客人走錯包廂的情形。那這兩名男子是怎麼來的啊？

于立心裏就有點惱火，認為這是酒店管理上的疏失，瞪著服務員說：「這是怎麼回事啊?這兩人不是我們的客人，怎麼會到我們的房間來?趕緊請他們離開。」

服務員還沒回話，那兩名男子中左邊的一個，便掏出證件亮了一下，說：「不好意思，打攪了，我們是中紀委監察部的。」

賈昊和巴東煌臉色頓時面如土色，巴東煌的手還微微的顫抖。別人不知道中紀委監察部是做什麼的，他們倆心中可是十分清楚。

中紀委監察部可以對省部級一級官員採取雙規措施，而在現場，只有他們倆個是符合這個條件的。也就是說，這兩人出現在這裏，絕對不會是來參加酒宴的，而是衝著他們其中的一個來的，很可能就是要對他們當中的一個採取雙規措施。

## 第十章

# 小鬼遇到鍾馗

傅華說：「你不知道，中紀委那兩人身上好像帶著煞氣，整個屋子裏的人都被嚇住了。」
鄭莉聽了笑說：「這不是中紀委的人身上帶著煞氣，而是你師兄和巴東煌他們心中有鬼，小鬼遇到了鍾馗，不嚇壞了才怪。」

果然，兩人看了看在座人的臉，然後走到賈昊面前，說：「賈昊同志，經中紀委常委會討論，決定對你雙規，現在請你跟我們走吧。」

真正聽到被宣布雙規，賈昊反而鎮靜了下來，可能他早就想過會有這一天。他問道：「我可以先打個電話嗎？」

講話的那個男人搖了搖頭，說：「不可以，請把你的手機交出來。」

賈昊哀求說：「這位同志，我沒別的意思，我只是想跟家人說一聲，讓他們知道我的行蹤。」

男人說：「沒必要，我們會通知家屬的。現在請你交出手機，跟我們走吧。」

賈昊無奈，只好交出手機，然後想站起來跟兩人走。沒想到剛站起來卻腿一軟，又坐了回去。顯然他剛才的鎮靜是裝出來的，估計這刻他的內心不知道是多麼的惶恐不安呢。

賈昊苦笑了一下，然後撐著椅背強行站了起來，對傅華說：「小師弟啊，我家裏就交給你了，以後你幫我多照看一下吧。」

此刻傅華的震撼絕不下於賈昊，雖然他想過賈昊有一天可能會被抓，卻沒想到這一幕會在他眼前上演，他不知道該跟賈昊說什麼，只是衝著賈昊點點頭，示意他知道了。

兩名男人就一左一右挾持著賈昊離開了包廂。包廂裏一片死寂，這兩人留下的恐怖氣息太過強大，壓得房間內的人一時都不敢動彈。

其中巴東煌被嚇得最厲害，全身有如篩糠一樣地發著抖。于立則是呆若木雞，顯然沒想到就在他以爲難題已經解決，要大展拳腳的時候，卻遭到賈昊被雙規這個更爲慘烈的打擊。

喬玉甄的神色倒很平靜，似乎看不出內心有什麼波瀾，但傅華覺得她也是強作鎮靜而已，喬玉甄身上背負的事絕對不比賈昊少，親眼看到賈昊被帶走，她肯定也很震撼。

傅華心情很是糾結，一時也不知道該做什麼，也只有保持沈默。

最先從這種震驚中清醒過來的是于立，大概也是因爲在幾個人裏面，他跟賈昊牽扯最多，賈昊被雙規，他最需要趕緊做出應對。

他的下場不會比賈昊好多少，此刻要想扭轉這個局面已經是不可能的了，于立現在想的是趕緊想辦法轉移一部分財產出來才行，以避免全軍覆滅的結局。

他看了看其他人，然後慘然一笑，說：「今天就這樣吧，我還有很多事情要處理，先走一步了。」

說完，于立不管其他人作何反應，叫來服務員買了單，就離開了包廂，自顧的走了。

傅華看了一眼喬玉甄，說：「小喬，我們怎麼辦，也走吧？」

喬玉甄點點頭說：「是啊，不走還能幹什麼，趕緊離開這個是非之地吧。誒，巴副院長，一起走吧。」

「等……等，你們等等我好嗎？」巴東煌哆嗦著說。

喬玉甄催促說：「你還留在這裏幹嘛啊？還嫌這裏不夠晦氣嗎？」

巴東煌苦笑了一下，說：「我也想趕緊離開這裏，奈何我的腿一點力氣都沒有，站都站不起來了，根本就無法走啊。兩位，拜託你們陪我一會兒好嗎，讓我緩一緩，不要把我一個人留在這裏。」

喬玉甄看巴東煌可憐的樣子，加上賈昊被帶走後，估計也不會再有什麼中紀委的人出現了，就說：「好，我們等你。」

傅華看巴東煌嚇成這個樣子，八成是由賈昊身上想到了他自己。巴東煌貪污受賄的罪行肯定比賈昊還嚴重，估計有一天如果巴東煌被雙規，下場絕對要比賈昊還慘的。

十幾分鐘後，巴東煌才恢復了些氣力，能夠站起來走動了，這才跟傅華和喬玉甄一起離開了餐廳。本來他是開車來的，但是他神情恍惚，已經不適合開車了，就坐計程車離開了。

巴東煌離開後，傅華看了看一旁的喬玉甄，關心的問道：「小喬，我師兄被雙規，你不會受什麼牽連吧？」

喬玉甄搖搖頭說：「我沒事，我跟你師兄沒有什麼利益上的往來，他的事扯不到我身上，不過還是謝謝你的關心了。」

傅華卻看得出來，喬玉甄嘴上說沒事，神情卻是一點也不輕鬆，看來賈昊被雙規對她來說並不是一點影響都沒有。不過既然喬玉甄說沒事，就是她不想深談，他也就不好再追問下去了。

傅華說：「既然這樣，那我先走了，我還要去跟我師兄的家人說一聲呢。」

喬玉甄說：「行，我也回家了，我們就此分手吧。」

兩人就各自開車離開。傅華本想去賈昊家的，但車行到中途，改變了主意。他實在不知道自己該如何去勸慰賈昊的家人，所以不想面對他們，就在車上打了個電話，把賈昊被雙規這個情況說了。

賈昊一直沒再結婚，帶著孩子跟他父母住在一起。賈昊的父親聽了之後，半天沒言語。

傅華想找幾句勸慰的話說，便聽賈昊的父親嘆了口氣，說：「早知道會有這一天啊，謝謝了，小傅。」就掛了電話。

傅華可以感受他心中的那種糾結，他可能早就看不慣兒子的作爲了，卻又不忍兒子真的出什麼事，這種滋味確實令人有一種說不出的難受。

傅華可以體會賈昊父親的這種心情，因爲他現在的心情實際上跟賈昊的父親差不多，他早就知道賈昊會有這麼一天，但是真到了這一天，他又十分不捨，畢竟賈昊這個同門師兄對他一向不薄。

回到家，鄭莉和傅瑾已經睡了，傅華沒有馬上去睡，他的大腦還因爲對賈昊被雙規的震驚而處於一種興奮狀態，於是開了一瓶紅酒，坐在窗前一邊喝酒，一邊靜靜的看著窗外。

傅華心中爲賈昊感到可惜，在張凡的門下，賈昊算是成就最高的一位，雖然老師對他的所作所爲早有看法，但對他還是頗有期待的，這次賈昊出事，對張凡一定也是一個打擊。

不管怎麼樣，傅華覺得還是應該把賈昊被雙規的事跟老師說一聲，順便讓老師幫忙瞭解一下賈昊的涉案情況。

這時臥室的門被推開了，鄭莉穿著睡衣走了出來，困惑的看著傅華道：「老公啊，你還沒喝夠啊？怎麼回家還要喝酒啊？」

傅華苦笑了一下，說：「小莉，師兄被雙規了，就在今天的宴會上。」

鄭莉愣住了，說：「師兄被雙規了，爲什麼啊？」

傅華說：「我也不清楚，是中紀委來人把他帶走的。看到師兄被帶走的樣子，我心裏很不好受。」

鄭莉坐到傅華的身邊，伸手摸了一下傅華的臉，安慰說：「聽到他被雙規，我心裏也不是滋味，不過我們也幫不了他什麼，是吧？」

傅華難受地說：「是啊，現在誰有本事進中紀委撈人啊。你要不要喝一點？」

鄭莉搖搖頭：「我喝酒對兒子不好，我在這裏陪你坐一會兒好了。」

傅華點點頭，說：「你不知道今天現場那個情形，中紀委那兩人身上好像帶著煞氣，整個屋子裏的人都被嚇住了，師兄站都站不起來，那個巴東煌在那兩人走了好久之後，渾身還跟篩糠一樣發著抖。」

鄭莉聽了笑說：「這不是中紀委的人身上帶著煞氣，而是你師兄和巴東煌他們心中有鬼，小鬼遇到了鍾馗，不嚇壞了才怪。」

傅華說：「是啊，我現在才覺得我堅持原則也不是一件壞事，起碼見到紀委的人還能挺得起胸膛來……」

兩人聊了好一會兒，傅華看鄭莉臉上睏意越來越濃，便結束了談話，跟鄭莉一起去休息了。

第二天晚上，傅華便去了張凡的家裏。

張凡開門見是他，沒說什麼就往裏面走。傅華看到張凡的神情很是嚴肅，便猜想張凡可能知道賈昊被雙規的事了。

傅華跟著張凡進了書房，坐下來後，張凡說：「你是來跟我說賈昊被雙規的事吧？」

傅華點了點頭，說：「看來老師已經知道了？」

張凡嘆說：「他是我的學生，我就是想不知道也不行啊。今天好幾個朋友的電話都是跟我講這件事的，想不到我最不願意看到的這一幕還是發生了。聽說是昨晚在酒桌上直接被帶走的。」

傅華說：「是的，師兄被帶走的時候我就在旁邊。」

張凡抬頭看了傅華一眼，狐疑地說：「你不會也牽涉到他的事情當中去了吧？」

傅華趕忙擺了擺手說：「我可沒有，我跟師兄的事並沒有什麼關聯。」

張凡質問：「那是怎麼一回事？」

傅華說：「昨晚是師兄幫一個山西的煤老闆打贏了官司，主人請客慶祝，把我也叫了去。」

張凡聽了說：「山西煤老闆，是不是那個叫于立的啊？」

傅華回說：「是，老師，你怎麼知道于立？」

張凡說：「朋友告訴我，問題就出在這個叫于立的煤老闆身上。你師兄太聰明了，跟這個煤老闆聯手搞什麼藝術品信託基金，勾結拍賣機構，用一些假的藝術品從聯合銀行套出巨額資金，結果有一筆上億的資金缺口沒有及時填補，讓銀行的審計發現了，進而挖出他很多的違規行爲，才會被抓的。」

傅華這時終於明白賈昊爲什麼那麼關心于立的那個案子了，原來于立在這個案子裏使用的資金，都是從聯合銀行套出來的。如果這筆資金及時回籠，銀行就不會發現什麼貓膩了。偏偏出了問題，才導致東窗事發。

想到昨晚的宴會就是爲了慶祝于立終於能夠將這筆資金回收，傅華心中有一種滑稽至極的感覺。不知道這是不是命運在捉弄賈昊？這場勝利還是來得晚了那麼一點；就差這一點，讓這場勝利功虧一簣。

張凡感慨道：「傅華啊，你師兄就是太聰明了，聰明到他以爲可以隨便操弄規則與法律的地步。唉，機關算盡太聰明，反誤了自己。」

傅華知道張凡心情很是沮喪，賈昊出事讓他很受打擊。傅華只好勸慰道：「老師，您別傷心了，師兄今天這樣是他自己種下的因果，怪不得別人的。」

張凡嘆了口氣說：「我也知道賈昊的下場是自找的，但是我總忍不住回想起當初他純樸的樣子，哪知道他會變成這樣啊?唉，這也是和現在的官場風氣有關，人人都在耍心機弄巧，你師兄又實在太聰明了，難免會受這種風氣的感染。」

說到這裏，張凡看了看傅華說：「傅華，你可千萬不要跟你師兄學啊，你要知道，你師兄這種聰明是小聰明，只能用於取巧，不能成就什麼大事的。」

傅華趕緊點點頭說：「我知道了，老師。」

傅華在張凡那裏待的時間並不長，他和張凡的心情都很沉重，他看張凡難受，自己也很不好過，又勸慰不了張凡什麼，還不如早點告辭。

出了張凡的家，傅華開車回家，車子剛開不久，手機就響了，是蘇南的電話。

「南哥，有事啊？」傅華接通電話。

蘇南笑笑說：「出來喝酒吧，我剛剛才從齊東市回來，振東集團已經拿下了齊東機場，出來跟我慶祝一下，我在曉菲這裏。」

傅華本來是沒什麼心情的，不過蘇南的邀請不好拒絕，就說：「好吧，南哥，我一會兒就到。」

到了曉菲的四合院，蘇南已經在那裏了，酒菜已經擺好，就等傅華來。

看到傅華，蘇南就說：「傅華，先說好啊，項目得標了，我今天特別高興，等會兒可要不醉不歸啊。」

傅華苦笑說：「南哥，我知道你高興，不過我還真是不能奉陪，一來喝醉了鄭莉會不高興，二來，我今天也實在沒心情陪你狂歡。」

「咦，傅華，你這是怎麼了？」曉菲這時走了進來，笑說：「變成老婆奴就不說了，什麼時候膽子這麼大，南哥請你喝酒你也敢沒心情?!」

傅華解釋道：「南哥，這個時間點真是不湊巧啊，我師兄賈昊被中紀委給雙規了。我剛從張凡老師那裏出來，跟老師聊了一下，我師兄的事好像很嚴重。」

「賈昊被雙規了？」蘇南驚道：「什麼時候的事啊？」

傅華說：「就在昨晚，我們一起吃飯的時候，他突然被中紀委的人帶走了。南哥，你還沒聽說這件事嗎？」

蘇南搖搖頭說：「沒有，我這幾天都在齊東市，北京發生什麼事我哪知道啊！哎，我原本還想讓你引薦我跟賈昊接觸一下呢，看來這個算盤打不響了。」

傅華愣了一下，說：「南哥，你要接觸我師兄幹什麼啊?不會是想爲齊東機場項目貸款吧？」

蘇南點點頭，說：「被你猜中了，我想從聯合銀行那裏申請貸款，現在看來要另想辦法了。」

傅華說：「這也未嘗不是件好事。」

如果蘇南要賈昊幫他貸款，必然會支付一筆仲介費給賈昊，那樣的話，賈昊被雙規，很可能就會咬出蘇南。

蘇南明白傅華的意思，點了點頭說：「這倒是，不過，這已經是行規了，該給的還是要給；而且，沒有你師兄的情面，我可能要付出更多的費用了。」

傅華不禁發牢騷說：「這個行規，那個紅包的，這算什麼啊？我昨天親眼看到師兄被雙規時的那個慘樣，現在還餘悸猶存，為什麼就嚇不住這些貪污受賄的人呢？」

曉菲笑了起來，說：「傅華，你不知道有句話叫人為財死、鳥為食亡嗎？」

蘇南也說：「對啊，傅華，這裏面有多大的利益啊，再說，人都是有僥倖心理的，每個人都覺得自己拿了好處也不會被抓的。行了，別那麼多牢騷了，我今天本來挺高興的。」

傅華抱歉說：「不好意思啊，南哥，掃你興了。」

蘇南理解地說：「無所謂的。不過，今天你還是陪我喝一會兒吧，我也不要你不醉不歸了，就陪我喝喝酒聊聊天，行嗎？」

傅華笑說：「當然行了，正好我心裏挺鬱悶的，也想找人聊聊天。你這次在齊東市競標挺順利的吧？」

蘇南卻說：「說不上順利，不過還好我最後還是贏了。」

傅華詫異地說：「不會吧，王雙河不是都向你妥協了？」

蘇南搖了搖頭，說：「哎呀，要辦成一件事情哪有那麼簡單的啊？來，別光說話，先喝一杯再說。」

兩人碰了一下杯，喝了口酒。傅華問道：「不會是王雙河又為難你了吧？」

蘇南說：「是啊，傅華，你別看我這麼大的一個振東集團，又有鄧叔這個省長在暗地裏幫我，但要對付王雙河這個地頭蛇，我還真是沒轍。」

傅華不敢置信地問：「不會吧，南哥，有鄧叔在，他怎麼還敢難爲你啊？」

蘇南笑了起來，說：「你不要以爲省長就是萬能的，有些關鍵點上，省長不一定就管用。你知道王雙河是怎麼逼我就範的嗎？」

蘇南就講了王雙河逼他就範的過程。

他去了齊東市後，在開標前，王雙河約他單獨見了一面。事先蘇南並沒有防備王雙河什麼，他覺得王雙河已經被鄧子峰給制服，這次見面應該玩不出什麼花樣來的。

哪知道他完全小看了王雙河了。一見面，王雙河就說：「蘇董啊，今天就我們兩人在這裏，有些話我就開誠佈公了。」

蘇南以爲王雙河是要談競標時應該注意的事項呢，心裏還挺高興的，笑說：「王市長，我們都到這一步了，還有什麼話不好說的，您就敞開了說，我聽著就是了。」

王雙河就笑笑說：「那我就說啦。蘇董啊，你知道一開始我爲什麼不準備把齊東市機場項目給你們振東集團嗎？」

蘇南愣了一下，問道：「我不清楚，爲什麼啊？」

王雙河笑笑說：「因爲我準備給他們項目的那家公司答應了我一個條件，那就是如果他們公司得標的話，齊東機場要使用的建築材料，全部由我弟弟王雙山開辦的公司提供。」

建築材料費是機場建設費用的大頭，如果全部由王雙河的弟弟提供，就等於王雙河的弟弟拿走了這個項目利潤的很大一部分，不能不說，王雙河開出這個價碼是很黑的。

蘇南有點搞不清楚王雙河跟他說這個要幹什麼，看了看王雙河，說：「王市長，我不知道您跟我說這個是什麼意思，難道說您想要讓我也接受這個條件？」

王雙河笑了笑說：「是的，我是想讓蘇董接受這個條件，而且，我相信蘇董也一定會接受這個條件的。」

如果接受這個條件，就等於這個項目要受制於王雙河的弟弟王雙山了，或者說根本就是受制於王雙河本人。蘇南自然不甘受制於人，更何況他身後還有鄧子峰的支持，可以不理王雙河的脅迫。

於是蘇南譏諷地說：「王市長，您是不是也想得太美了？難道您不怕我把這個情況跟省裏的領導反映嗎？」

王雙河卻呵呵笑了起來，說：「不用掩飾了，你說的省領導不就是鄧省長嗎？」

蘇南看王雙河有要跟他當面叫板的意思，不覺愣了一下，心說：難道這傢伙身後有更強勢的人物支持嗎？不會吧？

蘇南事先調查過王雙河的背景，王雙河身後並沒有什麼權勢人物啊。難道自己搞錯了，沒查到王雙河身後還有別的權勢人物？那樣子的話，自己就被動了。

蘇南心裏有些忐忑，看著王雙河說：「這麼說，王市長是不怕鄧省長了？」

王雙河故作害怕地說：「怕，我怎麼不怕?!所以你不用擔心不會得標，就算是你不答應我的條件，我也是會讓你得標的。」

蘇南不解地說：「王市長，你就不要拐彎抹角了，直說好了。」

王雙河笑笑說：「蘇董不愧是北京來的大老闆，你不答應我的條件，我依然是會讓你得標的，不過我可事先告訴你一聲，你得標之後，就需要靠你們振東集團自己的力量來建設齊東市機場了，我可是不會跟你配合的；相反，我還會極力為你們設置障礙。那時候，恐怕你們振東集團在齊東市會寸步難行的。」

王雙河這個威脅還真不是唬人的，一項工程如果沒有當地政府的支持，想要順利開展，幾乎是不可能的。

蘇南瞪了王雙河一眼，說：「王市長，您不覺得這麼做很卑鄙嗎？」

王雙河笑了起來，說：「蘇董啊，我們是彼此彼此吧？難道說你跟鄧省長的做法就很高尚嗎？我看不見得吧？再說，你一家北京的公司跑來齊東市搶我碗裏的肉吃，難道我還要對你們感恩戴德啊？」

王雙河絲毫不掩飾他對蘇南的排斥態度，而他提出的條件，讓蘇南被放到一個進退兩難的境地。

如果現在他退出的話，且不說項目到手後的利潤，光是前期籌備的損失就是一筆不少的數字。再說，他一個董事長親自出馬爭取的項目，最後卻鎩羽而歸，臉上也有些掛不住。

但是不退出的話，他就要接受王雙河的要脅，否則就算是得標了，沒王雙河的配合，項目也很難運作起來。而這次的項目，鄧子峰是想要作爲清廉競標的示範標的的，如果他接受了王雙河的要脅，那等於是欺騙了鄧子峰。

王雙河看蘇南沉吟不語，知道他正在天人交戰，一時難以抉擇，便笑了笑說：「蘇董啊，你可要想清楚，你就算是一條過江強龍，也是壓不過我這個地頭蛇的。其實你也是走南闖北做大生意的人，應該比我更懂得出門靠朋友這個道理吧？」

蘇南權衡許久，現在放棄他實在是很不甘心，也只有選擇跟王雙河合作了。不過合作歸合作，但也不能就這麼被王雙河予取予求。於是說道：

「王市長，我也是愛交朋友的人，也知道出門在外朋友的可貴。其實呢，只要價錢公道，品質靠得住，我們振東集團用哪家的材料不是用啊？」

蘇南的話裏表達了妥協的意思，同時也提出了討價還價的條件，那就是要王雙河的弟弟保證材料的品質和價錢公道。

王雙河滿意地說：「蘇董放心，我弟弟做生意可不是只做一筆生意而已，他也是很講信譽的，所以品質和價格一定不會有問題的。」

蘇南雖然對他的話頗有質疑，嘴上卻說：「既然王市長能保證這兩點，那我想我們就沒什麼分歧的地方了。」

王雙河呵呵大笑說：「爽快，我就知道蘇董是個夠意思的人，那就預祝我們合作愉快啦。」

蘇南乾笑地回說：「合作愉快。」

於是蘇南和王雙河的這筆交易就算是達成協議了，齊東市機場項目開標會上，振東集團果然順利得標。

聽蘇南講完得標過程，傅華不禁問蘇南說：「南哥，這件事你跟鄧叔講過嗎？」

蘇南搖搖頭說：「我還沒跟他講，我怕他會罵我。我知道你會理解我的，所以才跟你說的。不過這件事你可不要跟鄧叔說，知道嗎？」

傅華說：「我能理解你這麼做的理由，不過，我覺得你最好還是跟鄧叔說比較好。」

蘇南說：「爲什麼啊？」

傅華分析說：「你不覺得這件事當中有很大的政治風險嗎？特別是對鄧叔來說。鄧叔一直對外標榜齊東機場競標是清廉的，一旦事機不密，你和王雙河的這個交易洩露出去，將會把鄧叔置於一個很尷尬的境地。那時候，你讓鄧叔怎麼想你啊？」

蘇南撓了一下頭，說：「傅華，沒你說的那麼糟吧？我跟王雙河只是口頭協議，雙方心照不宣，就算協議內容洩露出去，也沒有人能夠拿出證據來的。」

傅華反問：「你還要什麼證據啊？你用王雙河弟弟的材料，這不是現成的證據嗎？很快就會有風言風語傳出去的，鄧叔的眼睛可是揉不進一點沙子的，他只要看到你用王雙河弟弟的材料，就知道是怎麼一回事了。南哥，我勸你還是早點跟鄧叔坦白這件事為妙，別等他罵你就晚了。」

蘇南眉頭皺了起來，說：「可是，如果這件事被鄧叔知道了，這個項目可能他就不會讓我做了。」

傅華說：「那倒不一定，鄧叔也是很理解人情世故的，他是不會攔著你，不要你做這個項目的。而且，這件事情有鄧叔的介入，對你也有好處，王雙河就會有所忌憚，不敢在建築材料上做什麼手腳了。還有啊，南哥，你要換個操作手法才行。」

蘇南困惑地說：「換個操作手法？什麼意思啊？」

傅華說：「材料不妨仍舊給王雙河的弟弟來做，但是不能就這麼直接的去買，而是要像項目招標一樣，也搞一個招標會。王雙河不是說他弟弟的材料品質靠得住，價錢也公道嗎？讓他來競標好了。」

蘇南說：「你的意思是，我到時候再把標做給他們？這個倒不是不可以。但是我跟王雙河的協議沒有這一條，我怕他會不同意。」

傅華笑笑說：「你就說這個條件是鄧叔提出來的，堅持要你這麼做，估計他就不敢反對了。」

蘇南點點頭說：「這樣做倒是可以說服王雙河，只是又要偷打著鄧叔的旗號了。」

傅華笑說：「偷打就偷打吧，你又不是沒偷打過。這樣做有幾個好處，一是公開競標，這樣就不是振東集團跟王雙河之間私相授受，出什麼問題的話，也可以對社會公眾有個交代。」

蘇南點點頭，贊同說：「你提醒我了，是需要這麼做，這對鄧叔也好交代一些。」

傅華又說：「第二個好處是，可以將機場項目所需材料的標準和要求公開的確定下來，這樣也可以保證王雙河的弟弟不敢動太大的手腳。如果他真的從中做什麼手腳的話，你可以依照招標的標準和要求去追究他的違約責任。」

蘇南拍了大腿一下，讚說：「對對，這一點好，其實我也很擔心王雙河的承諾做不了準，到時候他弟弟以次充好，我就難辦了。」

傅華說：「雖然他可以脅迫你，但是對鄧叔畢竟是很忌憚的，如果工程品質出現什麼問題，他也是責任人之一，也會受處分的。」

蘇南讚許的說：「傅華，難怪鄧叔說你是一個高參的材料，你考慮事情果然周詳，經你這一點撥，情勢馬上就不同了。」

傅華笑說：「其實我更希望你能靠實力得標。」

蘇南大嘆說：「我也想啊，但是你也看到了，我爲齊東機場折騰了半天，一開始也很想用乾淨的手法得標，但是最後的結果還不是這樣？我甚至曾經想過要鄧叔搞掉王雙河，那樣就不用受他脅迫了。但是轉念一想，換一個新市長來還不是那樣，說不定比王雙河還黑呢。唉，這是現實在逼良爲娼，我如果只是一味的想保住清白，那結局就只能是餓死了。」

傅華想想也是，就算搞掉一個王雙河，也改變不了蘇南的命運的。傅華便換了個心情說：「好了南哥，不管怎麼說你是得標了，既然得了好處，就不要再煩惱了，我們喝酒吧。」

兩人碰了一下杯，各自喝了酒，蘇南關心地說：「你師兄這次出了什麼事啊？」

傅華說：「他牽涉到藝術品信託資金的弊案，恐怕要遭到很嚴重的懲罰了。」

蘇南說：「傅華，你別太擔心，以前這種案子很嚴重，但現在法律也開始寬鬆起來，現在大多是無期，頂多是死緩，所以你也不用爲你師兄太多慮啦。」

傅華說：「就算死不了，他也要在監獄待很多年，這種失去自由的滋味一定不好受。」

蘇南安慰說：「那也沒辦法，搞了那麼多錢，總要付出點代價吧。不過，雖然失去自由，倒不一定會很受罪，賈昊這個級別應該是進秦城監獄，據說那裏的待遇不錯。不但是單人房，有電視看，有報紙讀，生活上還有專人照顧，跟他們以前上班的時候差不多。」

傅華聽了說：「就算是這樣，也沒有人願意去上這種班吧？」

蘇南笑笑說：「這自然是了。」

海川市。金達辦公室。

談完工作後，金達問坐在對面的孫守義，說：「老孫啊，你知不知道老于的兩個黑眼圈是怎麼一回事？有人說他是起了色心，跟別人的老婆勾搭，被做丈夫的打了；也有人說他是被尋仇，說他在泰河市做市委書記得罪了人，遭埋伏被打成那樣的。」

孫守義笑笑說：「這我就不清楚了，我只聽老于自己說，他是散步撞到樹弄的。」

金達懷疑地說：「可能嗎？撞樹能撞出兩個大黑眼圈出來？」

孫守義笑說：「也許老于撞樹的技術很好呢。不過，我猜測老于八成是因爲私人恩怨的關係，還是見不得光的那種，否則的話，老于被打了一定會選擇報警的。」

金達想了想說：「這倒是，老于好像很想把這件事給掩飾過去，不想讓人知道，顯然被打的原因很不光彩。咦，不會是束濤幹的吧？是不是因爲老于想要撤銷城邑集團得標的資格，傳到了束濤的耳朵裏了？」

孫守義看了看金達，想看出金達這麼說是知道了什麼，還是只是單純的猜測。他看不出所以然來，只好說：「這我就不清楚了，也可能吧，老于以前跟他們走得挺近的，這次老于不念舊情，跳出來要對付城邑集團，束濤知道的話，肯定會很不爽的，打人這種事，束濤也不是做不出來；估計老于以前拿過束濤不少好處，有什麼把柄在束濤手上，自然有苦難言，被打了也不敢報警。」

孫守義沒有直接說出這件事就是束濤幹的，一方面是因爲這本是違法的，他如果直接說是束濤幹的，就有包庇束濤犯罪的嫌疑；另一方面，孫守義也不想讓金達知道是他借刀殺人，利用束濤的手去教訓于捷。

金達又說：「說起來，老于這次跳出來反對城邑集團也是令人很奇怪的，這件事本來與他沒什麼關係，本來我以爲會是曲志霞反應最大才對。誒，曲志霞這兩天沒什麼動靜吧？」

孫守義回說：「沒什麼反應，可能因爲她曾經幫鑫通集團爭取過項目，反而不好講什麼話，否則一定會被人認爲是挾嫌報復；老于與這件事情無關，就可以用一種超脫的姿態來說這件事了。」

金達點了點頭，說：「這倒也是，這兩個傢伙都是算盤打得很精的那種人，老孫啊，我和你是他們的矛頭所向，要小心些啊。」

孫守義說：「我清楚，尤其是氮肥廠地塊這件事，曲志霞不發難，反而老于發難，就算他們沒有事先商量過，最起碼說明互有默契，所以我們確實要小心防備才行。」

金達眉頭皺了起來，說：「你是說他們有合流的趨勢？我覺得不會，曲志霞那個人並不是那種願意跟人合作的人。誒，她要讀博士那件事怎麼樣了？」

孫守義說：「據說近期就要去複試了。」

金達開玩笑說：「看樣子不久我們就要喊她曲博士了。」

孫守義笑說：「是啊。金書記，說起博士來，那位說可能來任職副市長的胡俊森博士究竟來不來啊？您有沒有進一步的消息？」

金達說：「怎麼，著急了？」

孫守義說：「是有點，你看曲副市長眼見就要去北京讀博士了，肯定會請不少假，省裏再不給我們派個副市長來，海川市政府就沒有人可用了。」

金達聽了說：「你不用著急，省委對他的考察已經結束，基本上確定派他來海川，就等上常委會表決一下，就會發佈任命了。」

孫守義點點頭說：「那就好，希望這位胡博士能夠給我們海川帶來一股清新的風氣，也希望他能發揮他的金融長才，在海川多搞一點什麼融資操作，讓我們海川市財政資金能夠充裕一些。」

金達笑說：「看來你對這位胡博士有很多期待啊。」

孫守義說：「是啊。您不覺得我們海川政壇需要一些新血刺激一下了嗎？馬艮山一案搞得我們海川一片死氣沉沉，再不來點強力刺激，海川就完了。」

金達卻說：「你也別對這個胡博士期望太高，雖然他在東海省的名氣挺大的，但是盛名之下，未必真有那麼大的能力。」

孫守義詫異地說：「不會吧，他搞得重組案可是爲東海省拿回了幾億的資金呢，真金白銀，怎麼說也有兩把刷子吧。」

金達語帶保留地說：「會不會，等到時候檢驗一下就知道了。誒，老孫啊，有消息說聯合銀行的賈昊副行長被雙規了，這個人好像是傅華的師兄，天和房產當初上市就是走這個人的門路的。」

孫守義說：「這個消息我看到了，說是牽涉到一名山西煤老闆搞的什麼藝術品信託基金。」

「我看網上說，賈昊是在一場晚宴上被帶走的，當時在場的人除了賈昊，還有一名地級市的駐京辦主任。不用說這就是傅華了，你說我們駐京辦會不會牽涉到賈昊的案子中去啊？」金達擔心地說。

孫守義不知道金達突然問起傅華是什麼意思，金達是關心傅華呢，還是想要拿這件事做什麼文章。便笑笑說：「我想駐京辦應該不會涉案吧，傅華這個人做事還是有底線的，不能因爲他參加了晚宴，就認爲他也有涉及。」

金達卻質疑說：「這很難說啊，據我所知，傅華跟賈昊往來頗爲頻繁，不但天和上市是他從中牽的線，海川重機的重組最初他也找過賈昊。」

孫守義覺得金達這麼說似乎有針對傅華的意思，心裏不禁想道：金達，你這麼急幹什麼啊？如果傅華真有什麼問題的話，有關部門一定不會放過他的，你就是想整他也輪不上啊。

孫守義就說：「我想我們還是不要去猜測什麼了，涉案這種事也不能靠猜測的，需要有真憑實據才行。」

金達聽了說：「那倒是，其實我只是有些擔心而已，並不是想要做什麼。」

孫守義心說：恐怕你是言不由衷吧，是因爲你沒有什麼真憑實據，才會只是說說而已；如果被你抓到什麼把柄，恐怕你早等不及要動手對付傅華了。

請續看《官商鬥法》II 19權勢互傾軋

地獄公寓
THE INFERNO APARTMENT
地獄之門已開，
他們將如何逃出死神的魔掌！
網路知名作家「黑色火種」
連續三年點擊率排行第一
這是一座隱形的公寓，不存在於現實的世界
只要牆上的血字出現
公寓的住戶，就必須按指示執行
稍有違背者，死！
史上最驚悚破膽懸疑小說
「黑色火種」網路點擊率排行第一
驚悚破膽上市

足以媲美「醫龍」的頂尖醫師
他以病患為本，挑戰權威與醫界派系
只為了從死神手中救回最寶貴的生命
醫拯天下
駭人聽聞的大膽技術
迅速有效的急救手法
憑著一把柳葉刀及中西醫兼修的紮實醫術
他是擁有神之手的醫界天才
無影燈下的趙燁永遠是那麼專注，他的雙手猶如機械般精密，似乎永遠都不會犯錯誤。
趙燁師承醫學泰斗李傑，同時得到三代御醫傳人江海的悉心指點，終於練就一身中西醫兼修的過硬醫術。
他憑著一把柳葉「妖刀」，冒名頂替著名教授主持視訊臨床觀摩課，不畏權貴偷樑換柱為患者移植肝臟，敢於用工程電鑽為垂危的傷者施行開顱手術……
第一輯6冊，第二輯8冊，共14冊
轟動上市
趙奪 著

# 官商鬥法II 十八 政壇大地震

作者：姜遠方
發行人：陳曉林
出版所：風雲時代出版股份有限公司
地址：105台北市民生東路五段178號7樓之3
風雲書網：http://www.eastbooks.com.tw
官方部落格：http://eastbooks.pixnet.net/blog
Facebook：http://www.facebook.com/h7560949
信箱：h7560949@ms15.hinet.net
郵撥帳號：12043291
服務專線：(02)27560949
傳真專線：(02)27653799
執行主編：朱墨菲
美術編輯：吳宗潔

法律顧問：永然法律事務所 李永然律師
北辰著作權事務所 蕭雄淋律師

版權授權：蔡雷平
初版日期：2016年11月
初版二刷：2016年11月20日
ISBN：978-986-352-355-0

總經銷：成信文化事業股份有限公司
地 址：新北市新店區中正路四維巷二弄2號4樓
電 話：(02)2219-2080

行政院新聞局局版台業字第3595號 營利事業統一編號22759935
©2016 by Storm & Stress Publishing Co.Printed in Taiwan
◎ 如有缺頁或裝訂錯誤，請退回本社更換

定價：280元　特惠價：199元
版權所有 翻印必究

國家圖書館出版品預行編目資料

官商鬥法II / 姜遠方 著. -- 初版. -- 臺北市：
風雲時代，2016.01 -- 冊；公分

ISBN 978-986-352-355-0（第18冊；平裝）

857.7　　105006537

風雲時代

風雲時代